GAEA

Gaea

案簿錄 伍

承諾

しょうだく。

護玄——著

承諾 案簿錄伍

目錄

人物介紹

虞因

大學生，有自然捲，髮色大多時間是褐色的(萬年染色款)。性格愛玩有點衝動，經常和同學出入夜店與夜遊，不過遇到正事時又很沉得住氣。有陰陽眼。

少荻聿

高中生，黑直髮紫色眼睛。皮膚白皙，有外國血統。因為家裡發生滅門慘劇受到很大打擊，變得不願／不能說話，但是個性細心，在語言方面很有才華。

虞夏
虞佟的雙生兄弟，阿因的二爸。警員，脾氣非常暴躁但辦事效率極佳，指著他叫小鬼必定會被揍。目前在刑事組任職，幾乎整年都在跑現場查案。
虞佟
阿因的父親。警員，黑髮娃娃臉(有著高中生般的面孔)脾氣非常溫和，擅長烹飪，因為曾經重大車禍關係所以視力衰弱。
嚴司
撈過界的法醫，暫時到本市警局支援法醫工作。興趣是遊玩人間，不過經常加班趕工沒得玩。

你承諾過什麼？

血液慢慢地在身邊擴散。

她始終不懂大人們的世界，不懂大人們說著那些不能做、這些不能做，然後信誓旦旦地說著這個、說著那個，自己卻未曾遵守過。

電視上、網路上，一開始都是大人先犯錯的啊。

「午夜一點十三分，這是聽眾小綿羊的點播，ＤＪ桑琪亞也很喜歡這首歌喔，現在大家都好嗎？希望每個人都可以過得很好。」

溫柔的聲音從收音機中傳來，就像每晚所聽見的一樣。

眞的好喜歡，這個姊姊的聲音非常令人放鬆。

如果，自己也有這樣的姊姊就好了。

「接下來，桑琪亞也放一首自己很喜歡的歌吧。在播放之前，先來告訴大家桑琪亞先前鬧出的笑話。有次跨年要去看日出啊，因爲和男朋友有些小誤會，桑琪亞也不知道爲什麼自己有那麼大的勇氣，大半夜的把男朋友的車子開走，自己跑進山裡……眞的好可怕呦，幸好得到路人的幫助，也認識了新朋友喔。但是眞的要告訴大家，千萬不要拿自己的安全賭氣，很危險的，還有有事情要和你周遭的人好好溝通，有時候誤會解開了就會發現其實並沒有什麼，大家一定要好好珍惜自己喔。」

悠揚的音樂再度傳來。

她看著、聽著。

然後依然不懂。

如果因爲犯錯，而得到懲罰的話，那是不是大人們也不能免除呢？

不懂。

不甘心。

不能甘心。

□

「嗯，這邊都沒事。」

夾著手機，他邊收拾著背包邊說道：「有，我有收到照片，一切順利真是太好了，我想你們那邊應該也差不多收到賀禮……嗯，是小海幫忙挑的……喜歡真是太好了，我會向她轉告道謝。」

走下樓梯，聽著對方略微語重心長的話語。

「不，暫時還是像先前說的那樣比較好，我很喜歡這裡，暫時不打算離開，和你們沒有關係，不用太擔心了，這邊都很好。」

與對方再聊幾句後，結束通話，然後從站在門邊等候的男性手中接過安全帽。

「我今晚不會回來，你們請早點休息吧。」一如往常地將背包甩到身後，他靠在門邊等待前來接他的友人。

明明說了自己騎車也無所謂，偏偏這段期間以來連握個把手都會有一堆人大驚小怪。不管是家裡或學校、甚至是聚會，只要有人看到他往停車的地方走去，或者是把手放在摩托車上，就會緊張驚慌地找各種理由把他勸離。

有點無奈地笑了下，眞是一些愛擔心的人啊。

「上午時那邊有打電話回來。」畢恭畢敬的男性這樣說著：「詢問您目前確切的生活狀況。」

「嗯？」原來還有打回來向其他人打探……

「一切正常。」上午也是這樣說著矇騙聘雇者的謊話，男性的臉色完全沒有改變。

「謝謝。」把玩著黑色的安全帽，上面有著銀色線條組成的圖騰，是不久前向阿方拿來的，他覺得還滿好看，就直接拿自己的與對方交換了。

就像很久之前，對方拿學校的位置和他交換一樣，他們都不覺得有什麼問題。

「他們還是希望您可以盡快辦理休學，過去那邊生活。」

「我認爲現在這樣的生活對所有人來說都比較好，而且我也不希望變動；下次再問你們的話，就說我想等畢業後再討論這些事情。」看著遠處通過大門逐漸靠近的燈光，他向一旁的男性微微點了頭，「就這樣，明天見。」

「路上請小心。」

黑暗中漂亮的房屋、替自己打理起居的人們，以及遠在世界遙遠那端的家人。

他再度笑了下，走到屋外正好站在停下的摩托車前。

「抱歉，剛剛出門被小海纏著幫忙。」抓抓頭，約好的友人有點尷尬地說道。

「沒關係，我現在才出門啊。」戴上安全帽，他俐落地跳上後座。

「一樣去那邊嗎？」

「是的。」

「那出發了。」

1

「就是那個……」

「警察跟法官在幹什麼吃的……」

包圍在法院外，議論紛紛的人們。

微熱的空氣與窒息的氣氛，有的千里迢迢趕到這裡，有的幾乎素昧平生，每個人都在外面等待結果，然後發出不平的怨言。

「不公不義啊……」

他在那邊看著。

他……他總有一天得找出來。

□

「玖深！」

「哇啊啊啊啊啊啊啊啊啊啊啊啊——」

大清早，剛踏進休息室好心喊醒人的阿柳被淒厲的慘叫聲嚇得瞪大眼睛，手上的熱咖啡差點一個不穩往某個死在地上睡覺的人臉上倒。握好杯子之後，他才沒好氣地往友人頭上拍下去，「清醒點，差點被你嚇死，你起床都是這種方式的話，下次我就不叫你了。」一大早遭到音波攻擊是很要命的。

玖深瑟縮了下，過了幾秒才清醒過來，有點發抖地從冰涼的地板上爬起，「呃啊，對不起，奇怪我怎麼會在地板上睡覺……」他記得前一晚明明是躺在旁邊的沙發上，而且還蓋了外套。瞄了眼沙發，玖深看見外套不知爲何在椅背上，也搞不清楚自己是怎麼睡的。

「你這樣不行喔，明明就有床可以睡，你每次都貪近睡休息室沙發，現在還睡到地板去了，當心生病。」把手上的咖啡遞給友人，阿柳搖搖頭，有點擔心同僚的身體狀況，「我說你也不要太拚命吧，加班加再多也不會增加多少薪水，該等的件就讓他們多等一下也無所謂吧。」他們每個人手上都是滿滿一長條待處理狀態、等檢驗結果的件，只能按先後順序或輕重緩急來著手，不可能每件都隨到隨辦。

「呃……沒啦，就一做下去就忘記時間，最近工作比較鬆了。」玖深揉揉臉，小口地喝著暖熱的咖啡，很快就驅走了身上的寒意，「我今天放假……主任說再不回去睡就要把我趕出去，所以等等會回家睡覺，明天下午才會進來。」就是想到今天要放假，他才想說趕快先把手上的做一段落，結果一弄就到天明了。

「那你應該昨天晚上下班就回去睡覺吧。」阿柳沒好氣地說著，探頭看了一下工作室，留意到桌上的紙條，「早上有人送東西過來了啊？」

「嗯，轉件，阿柳你接了哪件啊？」簽收完就睡死的玖深再度打了個哈欠。

「查引擎編號。」阿柳在一邊坐下來，拆開早餐，然後撥了一半給同僚，「幾個月前不是青少年群聚飆車很嚴重嗎，佟有去幫忙支援那件，後來說比較少出現了就暫時觀察。結果前兩個禮拜接到通報說在山上廢廟裡有青少年鬥毆，到場時只留下大灘的血漬和一輛機車，車沒有掛牌可能是贓車，重點是那些血量，出血量已經到達致死程度。」

「啊，我知道，有上新聞，原來是我們這邊的？」

「這兩天才轉過來的喔，不知道爲什麼原本接手的檢驗員說有點問題，所以轉過來給我。」也不知什麼原因，明明就是很普通的檢驗卻有問題，電話上也沒說清楚，總之阿柳就是接了，打算抽空來弄，順帶還還之前爲了趕件拜託的各種人情。

「……有、有點問題？」玖深抖了下。

阿柳歪著頭想了想，拍拍友人的肩膀，有點慎重地開口：「你最近神經太緊繃了，什麼事都往壞處想是不對的，人生態度要積極向上點比較好。尤其是我們這種行業壓力大，所以眞的要調適自己。」

沉痛地看著友人，玖深緩緩開口：「阿柳，我不是工作壓力大……眞的。」他只是覺得最近不科學的東西多到太頻繁，讓他感到人生好像有哪裡出了差錯。

在這之前有這樣嗎？

他的日常生活應該很普通吧！早上起床吃飯工作，然後下班吃飯睡覺，根本沒有什麼不對勁啊！爲什麼現在會多出不應該出現在人生裡面的東西呢！

搓搓玖深的頭，吃得差不多的阿柳站起身，拉拉筋骨，「總之就是這樣，你就乖乖回去休息，不要想太多，好好放鬆放鬆，等黎檢回來後就要動起來了，到時候想休息都不行。」

「嗯，我有安排好了。」玖深點點頭，握緊拳，「等下午睡完，晚上我阿母已經幫我預約好要去收驚和求平安符，我們還要繞去大甲和鹿港，到時候會買奶油酥餅回來的！」他都預定好了！上次壞掉的護身符這次要全部更新！

有那麼一秒，阿柳覺得自己眼神都快死透了，「你比我乾兒子還要迷信。」小孩子在那邊說學校有人在玩請什麼請什麼東西的就夠麻煩了，結果他同事也是這德行。

「這不是迷信問題，這眞的很重要。」覺得這陣子自己精神已經快到極限了，玖深認眞地說：「再不去我就要再寫申請調職了……」他上次寫了結果被扔回來，還被主任叫去臭罵一頓說他是吃飽撐著還是想上新聞，好悲痛。爲什麼想調到科學一點的單位這種理由不被接受呢！爲什麼！

「是是……你多去找兩間收驚吧。」嚴格說起來，阿柳認爲收驚和拜拜這種事也歸屬在友人口中的不科學那一類，但是他可以接受收驚這種不科學，卻無法接受飄在空中的那種不科學，究竟是爲什麼呢？看來人果然是會選擇自己可承受的認知範圍。「對了，我一直很好奇，爲什麼你會這麼怕阿飄？還有奇怪的東西？」

玖深抖了抖，怕怕地看著突然提出問題的朋友，「現在這裡應該沒有吧？」

「我又不是阿因，哪知道。」阿柳一攤手，「好像也沒聽你說過。」

沉默了半晌，那瞬間腦袋痛了一下，玖深連忙搖搖頭，「沒理由吧……就是怕啊……和有人怕小強一樣吧……」就像他也不解爲什麼有人看到小強會從窗戶跳出來。之前就是有人看到蟑螂便從三樓跳出去，結果卡在遮光罩上，還要出動警消弟兄救下來。

「但是上次我們去看恐怖片時，你看起來不怕啊。」環起手，對這個問題突然起了莫大的興趣，阿柳開始探詢。說眞的，從事這行業還會怕到這麼離譜的人好像也沒幾個。大部分一開始遇到的確會嚇到，但過段時間就會習慣，像他這樣持續這麼久的也算不簡單了。

「那個不一樣啊，已經知道是在拍片了，而且那是殺人狂不是阿飄，是人類的一種。那天整場只有我們，還一邊看一邊討論死法，那部片的死亡方式依照正常來說根本不可能；那些內臟和傷口也不太眞實，凶手在拉腸子時也不可怕，那條腸子看起來很不對勁啊……我覺得之前被老大拖去的幾個命案現場才恐怖！電影上的命案現場還沒味道，根本都是你的爆米花味。況且電影的翻譯有點奇怪，怎麼會怕啊？」也很認眞地回答上次去看電影的事，玖深歪著頭，「不過如果你找我去看鬼片我就不去了。」不管是眞飄還是假飄他都敬謝不敏。

吃爆米花是妨礙他恐怖嗎！明明這傢伙自己也有吃吧！突然覺得自己眞該設計對方去看鬼片，阿柳沒好氣地回道：「你的這種區分方式才眞的叫不科學。」

「咦？」玖深呆了一下。

「算了，你還是趕快回去吧。」

□

「玖深學長～」

交掉報告，正打算回家的玖深遠遠聽見有人在走廊喊他，一轉頭就看見小伍跑過來，手上還抱著超大紙箱，「學長你下班喔？」

「嗯，有事嗎？」新加入有陣子的小伍現在都跟著虞夏到處亂跑，之前也跟著去東部收尾，後來那件案子還有部分屍體待認領，結案進度有點慢。歪著頭，他想了下，補上一句：「還是老大有事？」

「沒有沒有，我剛好看到叫一下，我女朋友和同事昨天去彰化買了很多吃的，剛剛搬來探班，要我拿一些進來分。」示意對方看看紙箱，小伍指著裡面一大堆的桂圓蛋糕，「底下還有鹹麻糬，玖深學長要不要帶一盒回家吃，還滿好吃的。」

「感謝！」從同事那邊分來愛心食物，玖深滿懷感謝地收下了，「你有拿給老大嗎？」

「老大今天好像放假。」本來想先拿去上繳貢品，不過小伍撲了個空，問別人才知道今天一早主任打電話去罵人還叫老大今天不要進來，所以只好先預留那份，打算晚一點拿給虞佟，「對了……玖深學長，我一直很想問一個問題……」

「什麼？」玖深咬著蛋糕，愣愣地看著神色變得很嚴肅的小伍。

「爲啥我一進來，就直接被派到老大的隊伍啊？」其實報到時，小伍還沒搞清楚新單位的狀況就被掃進虞夏的隊伍。跟他一起進來的還有同期幾個同學，當天也是差不多時間來報到的，但大多都被放在比較不那麼吃重的單位上慢慢學習，所以他實在很疑惑，自己的成績算普通中上、在校時也不是頂尖優秀，到底為什麼會被放進這個案件吃重的小隊呢？

「……你剛來報到時有遇到夏嗎？」

「說起來，我剛來的時候真的是在大門口遇到老大！而且還向他問路要去哪邊報到喔！不過他那天臉看起來實在是有點不友善。」一擊掌，小伍抬起頭，整個人錯愕，「呃……呃……虞、虞佟學長？」

玖深很恐懼地看著突然冒出來的雙生子之一。

「那麼你那時候是怎麼問的？」虞佟推了下眼鏡，微笑地看著往後退兩步的小伍。

「雖然不確定是不是相關者，但瞄到他有佩槍似乎要出勤的樣子，所以我好像就說：學長請問一下，你知道報到要往哪邊去嗎？」雖然有點被嚇到，不過小伍還是很認真地回答。

「這個有關係嗎？」

「你知道你那些同學那天怎麼問路的嗎？」虞佟繼續微笑著。

「怎麼問？」小伍還真沒去問過同期，不過他總覺得幾個同學那天都怪怪的，每個人好像都吃壞肚子，臉色超難看，還摀著腹部，問他們要不要胃腸藥還被白眼。

「他們沒有問，但是他們說了，『那邊的同學，現在高中是上課時間吧，你怎麼沒去上課，不要隨便在這裡閒蕩』。」虞佟還是保持著完全沒變的笑容。

「小、小伍，反正就是這樣了，你快去別的地方。」連忙推著小伍，玖深很害怕地看著一旁的虞佟。

「噗哧。」的確看過虞夏揍扁不少出言不遜的人，小伍覺得很好笑，但是疑問沒有得到解決，「但是那跟我被歸在老大那邊有什麼關係？」

「因爲當時隊伍缺人，上面放話要夏一定得從中挑個人選不然就不讓他出勤，你是裡面唯一比較沒那麼白目的那個。」看了眼旁邊要摀小伍嘴巴的玖深，虞佟也衝著他笑了下，讓對方爆出更多冷汗。

「原來如此！幸好我那天沒眞的講，其實我剛看到也搞不清楚老大到底是不是學生，一開始還在想說怎麼有個學生在這裡亂逛說！」恍然大悟的小伍咧開嘴，「不過老大看起來眞的好小啊！阿因都快比他大了，搞不好過幾年人家都會對阿因說你家弟……」

「哇啊啊啊！」直接亂叫打斷對話，玖深無比害怕地扯著小伍，「你快去別的地方送吃的啦！不要浪費佟的時間了！」

再不去！

你就死定了**啊啊啊啊**！

這個「佟」戴的是平光眼鏡啊啊啊啊啊啊啊啊——

一開始就發現這件事的玖深無比驚恐地看著不知死活的七月半鴨子學弟。

「咦？啊？也是，抱歉打擾了……」搞不懂玖深爲什麼臉色大變，小伍一頭霧水地抱著土產繼續去找其他同事。

轉過頭，「虞佟」神色直接一百八十度大轉變，「你讓他繼續說啊？打斷什麼？嗯？」

「對、對不起……對不起……」連連往後退，玖深很害怕地抖了抖，差點就脫口而出「大人不要鍘我」之類的話。

「沒事就快滾回家休息。」見對方臉色很差，虞夏也懶得修理他，倒是在處理掉部分事情後，要順便去處理掉小伍那個白目。

「老大請一定要留小伍一口氣，他是好人……眞的……」他明天來時，小伍到底還在不在呢？玖深很擔憂同事的安危。

「如果你再繼續廢話不滾回去，你會比他早沒氣！」

「對不起！」

從局裡逃逸出來時，天色還很早。

打了個哈欠，玖深有點委靡地往附近停車場走去。

振作、要振作一點。

用力拍拍自己的臉，他大口呼吸了空氣。

過幾天黎檢就要正式回來工作崗位了，到時候老大他們一定會整個動起來，不可以扯他們後腿。之前阿柳和他解說的事情已經表明了有大案子，所以要盡量保持最佳狀況，不要再去想那些雜七雜八的事情。

他的工作是實驗室嘛啊哈哈……

「嗚嗚嗚嗚爲什麼神明要給我這份工作啊！好糾結啊！」他是很喜歡這裡的人，也很喜歡這份工作，但是他不喜歡附加上來的阿飄啊啊啊啊啊！他好想換到沒飄東西的單位啊！爲什麼老大的殲滅系統對會飄的無效啊！

他今天，一定要擲筊問問未來的吉凶發展！

「你不是實驗室的那個……？」

抱著頭蹲在牆角的玖深在聽見有點耳熟的聲音時，跟著抬起頭，赫然看見那個很聰明的小孩子站在他面前，「啊，你來找老大他們嗎？」從地上跳起，事件過後玖深就沒見過對方了，只斷斷續續從其他人那裡聽到對方父母來接他回家，現在一看，氣色好像比之前好了不少，看來家裡也有妥善照顧。

「我沒有。」嘖了聲，被人押來的東風往後看了眼，「我……我媽媽要找虞警官他們什麼的。」

玖深跟著往後看去，果然看見稍微遠處有個穿套裝的女人從跑車上下來，雖然穿著打扮很樸素，但看得出來衣服的質感和設計不錯，應該是這季新品；仔細一看，女性的臉部輪廓還和東風有點像，是很美麗的女性。「你媽媽好漂亮喔。」話說回來，如果這個男孩好好吃飽好好長，應該也很漂亮。可惜這張臉是長在男孩子身上，如果是女孩子搞不好會是他喜歡的那一型，眼睛大大、皮膚白白的，看起來有點脫俗，不過他還是喜歡有點肉，女孩子有點肉是最好了，看起來很健康舒服。

「跟我沒關係。」東風轉開視線，看著一邊的地面，「你放假還不快回去。」

「你怎麼知道我放假？」拉回想偏的神智，玖深咳了聲，疑惑地回問。

「從你的表情、穿著、攜帶物品……不說了。」在女人開始往這邊走時，東風立即閉上嘴巴。

當女人走近後，和玖深互相遞了名片稍微自介，他這才知道東風的家庭背景居然還不差，除了母親擁有自己一手建立的數位公司外，父親還是大醫院的院長，這幾年退休了，不過因爲閒不下來，開始兼任其他公司的顧問，手邊存了不少積蓄，投資在各種事物上，大多回收得不錯，在各地都有置產，其中最有名的就是這兩年茁壯興起的生技公司。

「東風一搬家就很難找，這次眞是謝謝你們的照顧了。」氣質非常好又很親切的婦人微微笑著，然後向玖深行個禮，「我們都拿他沒辦法，先前有次收到他的消息竟然是因爲大學寄資料到家裡……我們都不知道他申請大學呢，後來休學也是，都是從子泓那邊聽來的。」

「呃，是我們這邊接受比較多幫忙……」

寒暄了幾句後，女人表明了來意，其實也就是要向幾個相關人士道謝而已，末了她告訴玖深自己會暫住這邊幾天，確定東風完全沒狀況後才回去忙，歡迎有時間也過去吃頓飯。

送走母子倆後，玖深再度用力拉拉筋骨。

果然有家人眞好啊，像他和他阿爸、阿母也常常講電話，雖然住在外面但還是有人關心，這樣工作起來也會特別起勁。

說起來，最近曾聽老大他們在講，上次鄭仲輝的事情過後，阿因好像常把自己關在房裡做畢展，學校和打工都乖乖去，也變得很沉默、沒怎麼去聯誼，只偶爾會和聿聊一下……希望他沒事啊，今天晚上順便幫他多求個平安符好了！然後找時間探望一下。

他其實多少可以了解對方的糾結，雖然更早之前男孩也三不五時會跑來傳遞阿飄的訊息，有時候還樂此不疲、也高興可以幫忙，事後發展好像也都算不錯。但隨著罪行情節嚴重程度和暴力化越來越複雜與嚴重，那個大男孩遲早有一天會發現不可能再維持之前半吊子的輕鬆方式來應對。

而且越介入，壓力就會越大，盯上他的人或東西也會越多，一直逃避雖然也可以，但是累積的各種事情總會爆發。

……就和他不想面對會飆的東西一樣。

而且不是他要講，他們也早就都注意到那種東西上門的機率變得很高了，幫一次之後，越來越多出現，渴望與干擾的程度也不會如以前那般容易解決。

總之，大概就是那樣了。

他和老大、其他人早就過了那個坎，哪邊重要、該怎麼做、自己怎樣定位，然後切割。

這些事情，最終還是要本人自己想通才行。

□

「小玖，開門喔！」

雖說是約在晚上，不過在玖深鑽進床鋪幾小時後，他阿母就來敲他的套房大門了。

玖深睡眼惺忪地打開門，有點胖胖的婦人大包小包提著走了進來，「有比較早的班次我就先過來了，這是你阿姨、姑姑他們要給你的，你有沒有睡飽啊？黑眼圈這麼重？還是改天再去拜拜啊？」

「有有我有睡飽。」用力抹抹臉，他連忙幫手提過那一袋袋頗有重量的東西，有點吃驚他阿母竟然可以揹負這些超級重的袋子跑來找他，早知道應該開車去接人的，提這麼多重物對身體實在很不好……不過之前也講過好幾次，根本沒用就是，「哥、姊他們都還好吧？」

「那群小渾蛋還是那樣啊，你阿姨和姑姑那幾隻工作得都還不錯，你今年過年不是沒回來圍爐嗎，他們還在打賭你遞幾次請調會成功。啊對了這袋是他們要給你的，本來還說要叫宅配，我叫他們不要浪費那個錢，人都要來了，用拿的就好。」婦人打開袋子，裡面整袋全都是各種口味的乖乖，「搞不懂他們在幹嘛。」

「……」雖然眞的很想調職，但是聽到這種話，玖深突然又不想申請了，他那些堂表哥哥姊姊們一天到晚拿他尋開心。要是眞的調成功，說不定會被笑好幾年。看著十幾包乖乖，他更有這種感覺，早知道之前就不要把發生不科學的事情告訴家裡了，現在大家都在變花樣玩他。

「對了，這些是要給你說的那個很瘦的小朋友。」婦人拉著玖深蹲在地上，一一打開剩下的袋子，「里長伯他有個親戚也是那樣子，都只吃一點點，啊哪要多吃一點就給你通通吐出來，所以他們也找了很多食譜啊代餐的，我向他討了一份看看有沒有用。有一些是要給阿佟他們的，你拿給他、他就知道怎麼處理了；這一袋是阿松他們今天剛殺的山豬肉，很新鮮，和市場賣的不一樣，先拿去冰箱放才不會臭掉；還有這是他們做的豬油……」

把那些大包小包都分類處理好了，玖深邊估算著明天得去翻出保冷袋，邊更換外出服。

「小玖啊，你應該沒受其他傷了吧？」婦人坐在小矮桌邊，一邊喝茶一邊看著自家兒子，「你啊……之前被人開槍也不和我們說一聲，都不知道家裡人會擔心喔……」她家小孩先前因為工作上的關係被人開槍，沒上新聞也沒通知家人，他們還是後來才知道有這件事，大家都擔心得不得了。

「沒啦，那個是意外，他也不是故意要開我槍。」摸摸肚皮和手上的疤痕，玖深把衣服套上去，突然想著要不要找一天去探望一下，好歹也是以前的同事，都沒人去也有點可憐，對方以前和自己相處得也不算差，就是一個錯念造成遺憾，真的很可惜。「平常也不會那樣啦，一般都在實驗室裡，還可以吹冷氣，老大他們比較危險。」只要，不要有會飄的東西飄進去，他的工作環境根本就是天堂啊啊……

「你厚，平常時耗呆耗呆的，有危險閃遠一點啦，都不知道家裡的人會煩惱，每天看電視看到新聞說這邊有危險那邊有危險，都會煩惱你會不會受傷，要是長官要派人去危險的地方，趴著比較不會中槍啦。眞的不行就回家，家裡還可以養你啦，弄個炸雞排來顧也好，才不會一天到晚都在出事。」拍拍小孩的手臂，婦人嘆了口氣。

「我會躲很遠啦。」玖深吐吐舌，有點慶幸上次千求萬求其他人不要通知家裡，等差不多復元到可以出院後才自己講，起碼省掉大家第一時間的擔心……還有第一時間可能會來襲的洪水猛獸。後來虞佟還騰時間煮了很多營養的東西給他，也沒留下什麼嚴重的後遺症，算是不幸中的大幸了。

而且，佟煮的大補餐眞的好好吃喔。

一想到那陣子奢侈到不行的高檔伙食，玖深還是有點流口水。當然後來他阿母衝來也煮了很多給他補，那陣子他整個胖了快五公斤，有時候都很糾結受傷到底算好還是不好。

「你喔……」

「知道了知道了，我們快點出發吧，還要去好幾個地方，路上再講啦。」

□

出門後，按照媽媽指的方向，玖深把車開往山丘上的宮廟。

雖然不是稍晚一點要去的那種知名大型廟宇，但也小有規模，就像某些宮廟一樣外圍也聚集了一些攤販，點燃的火色帶起了染有淡淡香味的細煙，纏繞在空氣中。

每個殿拜過之後，婦人壓著玖深拿筊去求平安符。

玖深對整個過程也很熟悉了，一邊在心中吶喊著「拜託讓自己好好度過餘生不用再和不科學的事物打交道」，一邊求符。

平常總是幾次神明就應允了，但今天卻連連笑筊。

爲什麼啊啊啊啊——

看著台上笑笑的神明木像，玖深很驚恐地繼續再擲幾次，還是一個都沒有，繼續笑給他看。然後他就繼續、再繼續，就這樣繼續了半個多小時，連廟裡的師父都走過來看了。

「小玖，你有對神明不敬嗎？」跟在旁邊看很久的婦人疑惑地開口。

「沒有啊，我超誠心的啊啊啊……」他都丟到快哭了。

他沒有請求中大樂透啊！

他微薄的心願就是一個神明應允的平安符讓他度過餘生啊！

又丟了好幾次，還是笑給他看。

玖深覺得心靈有點崩潰，不知自己到底是哪裡錯了，難道是睡覺前不能吃太多麻糬嗎？一邊想著，一邊懺悔自己吃太多又重新丟，但接下來的事情才讓他整個想要去撞柱子。

拋出去的筊互相撞在一起，竟然就這樣立起來了。

「神明有指示，你拜籤吧。」站在一旁的師父突然開口了，雙手合十朝神明拜了拜之後，重新拿過一副筊給玖深，「問問神明有什麼交代。」

「咦？啊？好……」難道神明要叫他回去賣雞排了嗎？有點狐疑與發毛，不過因為都站筊了，玖深還是乖乖地詢問是不是有什麼事情，然後拋出筊，結果讓他差點跳起來往後逃。

一正一反的筊正對著他。

「神明好像眞的有交代，小玖你繼續。」抓住兒子的衣服，婦人不用看也知道自家兒子想落跑，就把人拽著繼續。

連續三個聖筊後，玖深開始覺得今天很可怕了。

接著就被押去轉籤筒，然後回來再擲，一個不缺地全都讓他開出聖筊，他上次偷買的彩券也沒這麼準。

拎著人去拿了籤詩後，師父就帶他們到服務台去坐下來解籤。

「神明有指示，現在不給你符，是要你開始去還債。欠人的諾也到了時候要實現，世間萬物都有時機，你的機緣到了，就不能躲，要不然下輩子會變成冤孽跟著你。」慎重地看著籤詩上的訊息，師父嚴肅說道。

「冤、冤孽……」玖深整個人快爆淚了，他根本搞不懂啥實現啥機緣的！難道現在的生活還不夠冤嗎！他好冤啊啊啊啊！

「天機不可洩露，神明這樣講，就是這樣了。」

不是這樣啊！應該要講清楚一點啊！他萬一就在這邊被嚇死了，下輩子會被冤孽得很不明不白啊神明！

「感謝神明的指點。」拽住要號叫的小孩往後扔，婦人塞了紅包給師父，「這給神明添油香……」

抱著腦袋，完全搞不懂的玖深驚恐地走出廟門。

搞不懂啊。

他搞不懂是啥意思啊。

為什麼神明講話要這麼簡潔！好好講清楚不行嗎？

就在他整個腦袋好像有點快當機時，他突然覺得四周不太對勁，很多人都對著他……他上方指指點點，而且也陸續開始有某種喊叫聲傳進他的耳朵裡。

接著，他感覺到抱著腦袋的手好像沾上什麼，有點濕濕的。

把手抬到面前，他看見了黑色的液體就出現在他手上，帶著有點嗆鼻卻又很熟悉的臭氣……看這種樣子，大概、大概已經有好幾天了……

還沒意識到這本能的思考代表什麼，玖深反射性抬起頭，同時也聽見了四周傳來群眾的尖叫聲。

某種巨大的黑色物體從宮廟屋簷掉下來，不偏不倚對著他砸個正著，他被砸得翻摔在台階上，濃濃的臭味立即四溢開來，不少圍觀的人當場吐了出來。

劇痛過後，等到視線恢復、看清了砸在自己身上的是什麼東西後，玖深轟地一下腦袋裡只出現了兩個字——

「冤、冤孽……」

然後他自動關機了。

2

淡淡的泥土味傳來。

那是種混合著血、枯葉與垃圾腐臭後特有的氣息。

黑暗中，撥動著地面的鏟動聲特別明顯，微潤的土壤從上方滑落覆蓋在冰冷皮膚上的感覺，慢慢遮蓋住最後唯一的光……

「……起……給我起來……」

迷迷糊糊、稍微有點恢復意識時，他突然聽見了很可怕的怒吼，玖深幾乎整個被嚇醒，彈跳起來，「老大我起來了！」

本來正要一拳揍下去的虞夏瞇起眼，停止動作，「你在搞什麼！」

「咦？咦咦？」有點呆滯地看著出現在面前的虞夏，玖深過了好幾秒才想起來他今天是到宮廟拜拜……爲什麼老大會出現在這個地方？難道他也來拜拜嗎？不不，老大不會沒事跑來拜拜，絕對是追犯人！

犯人應該沒有被塞金爐吧……這樣額外工作會變得很多耶……

玖深這樣想完時，才突然發現自己是在救護車上，好像剛被抬上來，車都還沒開，一邊的救護人員正準備要把虞夏請下去。

「這個、這個？」

什麼狀況？

「既然沒事就下車，不要浪費資源。」本來也就是來看一下狀況的虞夏和救護人員打了招呼就跳下車，拉出了手套，「不舒服就快點去檢查。」

「沒有、我很好，我沒有不舒服。」看見車外已拉起了封鎖線，玖深連忙和救護人員道謝，接著七手八腳地爬下來。一踏到地面他才整個想起昏倒前看到了什麼，那個「什麼」現在正躺在宮廟台階上，還覆蓋了白布，封鎖線外的員警們努力隔離太過好奇還有要照相打卡的民眾。

「你是不是對神明不敬，所以祂才把屍體直接丟在你頭上。」虞夏接過帽子，冷笑著跨進封鎖區域。他們接獲通報趕到場時，整個不知道該發飆還是該笑，根據附近攤販的供稱，他家的鑑識並不是被屍體砸昏的，而是看到被什麼打到之後慘叫嚇昏的，當場完全沒有員警要承認對方是同僚。

而且因爲民眾好心幫忙，怕人被壓死而把玖深從屍體下拉出來時，眾多人群幾乎踏遍了整個現場，他們一到達看到這狀況頭都痛了。

「我我我……我沒有不敬啊……」啊，他搞不好有。玖深赫然想起他還抱怨神明講話太簡潔，於是開始默默懺悔。原來人眞的不可以隨便造口業，神明會處罰的；但是這種處罰眞的好可怕啊，而且衣服得送驗了，就算可以拿回來也得丟了……好浪費……等等還要跟幫忙的人道謝。

「你母親在廟內休息，你先過去吧，等等把衣服換下來給其他人收回去。」拋了包附近買的上衣過去，虞夏制止了玖深一如往常要往裡面踏的動作，「阿柳他們正要過來，你筆錄做完給我滾回家。」

「咦、咦可是……？」明明就他最近最快啊？

「你家人在這邊吧，快回去，現在又不缺你。」抓住這個還想進去傢伙的領子，虞夏直接把人往廟裡扔。

「嗯、好，謝謝老大。」於是，玖深在一堆同僚關愛的眼神中慢慢抬起沉重的腳步往廟裡前進，現在冷靜下來才發現全身有點痛，果然被那麼重的東西砸到多少還是有受傷，右腳踝也有些怪怪的，走起來一拐一拐。經過階梯邊時，他還是下意識瞄了白布覆蓋的東西一眼，噴濺出來的體液很少，幾乎算是沒有，地面上只有幾點滴落的痕跡。

隱約還記得被嚇昏前，自己的確看見腫脹潰爛得非常嚴重的男性臉部，但那瞬間壓下來的重量卻有點怪。也不是說不重，而是重量不對勁，依照那體型來說似乎過輕。

對了，好像真的滿輕的。

「欸老大……」

凶惡的視線掃來，玖深連忙逃進廟裡，反正這些事等等他們檢查就會知道了。

先和好像沒受到什麼驚嚇的阿母打過招呼後，他換下衣物做好處置就放進紙袋交給其他人，接著才靠過去，「母啊，沒事吧？」

「沒事啊，小玖你也太沒用了吧，你們不是常常在看怪東西嗎？你老母我都不敢和師父說你是鑑識耶。」直接目擊自家兒子慘叫昏倒的經過，婦人嘖嘖了幾聲，拉著小孩上下檢視了下，坐著就往對方大腿拍打下去，「男人要有男人樣，你阿姑不是常常都在講不要沒事就嚇成那樣子，又不是小孩，難怪家裡附近的小姐都不找你約會。」

「就、就會怕啊我也沒辦法……啊！不要跟姑姑還有哥、姊他們講！」不然今年過年他就更不想回去了啊啊啊啊！那些人一定會在圍爐那天拿這件事情大做文章！

「你喔，羞羞臉啊，會怕又怕人家笑，都幾歲了還這樣。」婦人繼續搖頭：「很小時候還到處亂跑亂鑽跟猴子沒兩樣，沒想到長著長著膽就長不見——」

「我、我先載妳回家啦。」瞄到旁邊員警已經轉頭過去肩膀抖動還疑似咬舌頭努力忍了，玖深連忙打斷說道：「天色很晚了，先回我那邊休息啦，肚、肚子應該也餓了……」

「好啦好啦，不給你麻煩，你忙你的去，我自己搭車回去就好。」婦人站起身，拍拍褲管，「你別給長官難做，該做什麼就快點認眞去做好，那個往生的去看看怎麼回事，能幫忙就去幫，神明都有指示了，就算沒有，沒代沒誌橫死在這種地方，也不知道家裡人知道會多難過，快去快去。」

「那個沒關係啦，阿柳他們要過來了……」

「去去去！你老母身強體壯，還不用你管進管出啦！」

「咳、玖深學長，不然讓我女朋友載阿姨回去好嗎？」站在一旁問其他人口述的小伍實在有點快笑出來了，連忙用手揉揉鼻子掩掉上揚的唇角，靠近很引人注目的母子檔，「我剛剛下班和女朋友吃飯被召回來……她開車在外面，阿姨和她一起回去也很安全，我女朋友有段數。」

「呃，這樣方便嗎？」跟著小伍的目光看去，玖深的確看見外頭靠近媒體區那一帶有個襯衫牛仔褲打扮的清秀女性，正朝他們揮手。

「沒問題，小蔦喜歡交朋友。」小伍說著，和旁邊的員警講了下話，後者就往那個女孩子跑了過去。沒多久，便帶著女性從側門繞進來。

向女性稍微解釋後，對方很友善地走向婦人。

「阿姨妳好，我叫花蔦，花就是姓，蔦就是小鳥頭上戴著草圈圈。初次見面希望阿姨會喜歡我。」

「唉呦唉呦，名字很可愛。」

「對啊，我爸取的……」

看著女性和婦人好像相談甚歡，玖深稍微放心了。

「玖深學長就請認眞工作囉，小伍如果表現很爛，就揍他。」女性挽著婦人的手，笑嘻嘻地說著：「大家辛苦了，那我們就先回去了，我知道回去路上有很多好吃的店，阿姨我們兩個一起去吃個過癮吧！」

「好喔，走啊走啊。」

接著，在員警的幫忙下，女性和婦人從後門避開人群先離開了。

收回視線，小伍有點沉重地拍了下玖深的肩膀，「玖深學長，爲了精神好，你等等手機先關一下靜音晚點再看。」

「咦？咦？」

「她們……接著會進行食物照片的精神攻擊。」

長期受害者如此善意提醒。

□

「不是叫你滾回去嗎！」

等到嚴司到場後，才剛掀開白布，虞夏就瞄到該滾的人竟然又踏進封鎖線。

「我、我媽先回去了，和小伍的女朋友在一起，她要我做好工作啦。」下意識往後退了一步，玖深連忙解釋，然後小心翼翼地往嚴司那邊繞。

「喔？玖深小弟你媽媽在啊？怎麼沒有介紹介紹，真不是朋友，虧我平常還那麼照顧你，大哥哥現在內心有點抽痛，覺得好像信任被背叛了。」嚴司蹲在地上，很悲傷地看著竟然窩藏家長的傢伙。

「我、我沒有啊……」玖深現在覺得剛剛應該往虞夏那邊走，最多也只是被揍一拳。

「不要在這裡囉嗦，通通給我閉嘴。」看他們又要進行嘴皮上的糾纏，虞夏直接打斷，然後拉高了白布，「如何？」

「男，十七、八歲左右，一百七十公分，血乾、人乾、內臟乾的三乾界代表。」看著開花的屍體，嚴司著眼在最顯眼的部分，「這年頭的小孩們是腦子哪裡穿洞啊，挖空肚子也幹得出來。」

白布打開那瞬間，玖深就知道爲什麼會感覺體重不對勁了。

就和嚴司說的一樣，內臟乾……不是啦！是內臟不見了，躺在地上永遠安靜的屍體除了有副扭曲變形的面孔與身體之外，腹部被開了一個非常大的洞，肚皮已經不見了，肚子裡也整個是空的，腸、胃等等該有的全都不見，這就是重量不對的原因。

「們？」虞夏留意到關鍵字。

「來，看看。」嚴司勾勾手指，轉過屍體的背部，上面有幾道穿刺傷。他比劃了下，「右撇子創傷，左撇子創傷，其他被毆打的受創處依照顯現和攻擊的方式也可以判定有不同人下手。他在死前曾被不少人群毆，眞正補刀的凶手有兩隻以上，案情不單純程度有等級三以上，眞相和死因只有一個。」

「左撇子那人好像有點猶豫。」玖深認眞地辨識傷口，發現有幾道較淺；相較之下，右撇子造成的傷口雖然只有一道，但非常深。「右手的是主使者，左手是協助者。這個形狀看起來好像是蝴蝶刀一類造成的尖銳穿刺口。這些傷口的凶器只有一種。」

「死後創傷，傷口沒反應跡象，右手的是第一道，他在示範給另外一隻看，然後左手接過凶器執行其他部分。造成傷口之際，屍體是趴著的。」嚴司偏著頭，微微笑了下，「小鬼們，別以爲我們看不出來這誤導手法，這小子才不是背後遭偷襲死的。」

「死因可能在這個地方。」指著空空的腹部，玖深說道。

「不過奇怪了，看他身上有著大量的土，應該曾被埋過才對。」撥弄著屍體上的土塊，甚至連頭髮、耳朵裡都有微潤的沙土，這讓嚴司有點不解。怎會有人大費周章埋了屍體，又拉到屋頂上？這也太不合理了。

啊，搞不好這是傳說中的屍變！其實等等就會自己跳起來走了！

「……你們繼續做其他部分吧。」大致上了解部分表現出來的線索後，虞夏站起身，正好看見阿柳和女性檢察官到達，打了聲招呼，便先過去匯報了。

繼續記錄著屍體狀況，稍微告一段落後，嚴司就讓人來收屍體。

玖深與阿柳會合，接過自己的工具箱，「阿柳謝謝～」竟然幫他帶過來，眞是大好人。

「我就知道你一定不會乖乖回去。」瞄了眼同僚，阿柳搖搖頭，「你今天放假啊，記不記得？」

「嗯嗯沒關係，我有睡過了。」

很想說不是這個問題，不過因爲在現場，阿柳也懶得繼續爭論，於是就分頭各自領著人幹活去了。

因爲民眾在警方到達前進出過現場，所以早些到場封鎖的地方員警認眞解釋後，已經先請民眾各自留下鞋印和指紋、聯繫資料，並做好記錄轉給他們。對於這點阿柳有點欣慰，雖然回去還是分到死搞不好還都註死沒結果，但地方單位能這樣互相幫助也不錯了。

「阿柳，我向廟公借了樓梯，先上去上面看看。」玖深拖著梯子，看了看屋簷上方。感覺黑漆漆的，不過廟方已經把可以開的燈都打開了，應該不至於會掉下來……

按好樓梯，玖深爬上了感覺不是很穩固的廟簷，果然看見幾點黑色液體和一些泥土就在他剛剛站立處的正上方，於是小心翼翼地開始在上面搜索。

不管怎麼看，都可以非常確定這裡並不是第一現場，但也搞不懂爲什麼要把屍體用這種方式處置，這樣根本是叫人快點去找凶手，和埋起來的初衷不太相同。又僞裝又曝光，眞是奇妙的心態啊。

稍微走過一圈，沒看到什麼特別奇怪的地方或遺留物，甚至連腳印都沒有，可是他卻找到了拖痕——從廟後方筆直而來，帶著屍體偶爾遺落的黑色點滴，從廟簷經過了屋頂，一路毫無阻礙地被拖著過來，完全違反了人類的移動方式，似乎也沒有吸引香客或外人的注意。

玖深沒想太多，只是搞不懂凶手怎會這樣移動，他拿著手電筒和相機，循著路徑，順著廟後的圍牆爬下屋頂，然後找到了後方小路上不顯眼但還很新的拖痕，先做好記錄並拍攝；接著他繼續順著走，那些痕跡毫無停頓，領著他走出廟宇後方的圍牆，經過一小段沒人煙的土路，穿進了稍微有些距離的小樹林裡。

探照了下，拖痕顯然還進到頗深處的地方。

玖深放置好記號，跟著痕跡走了進去。樹林雖說小，但也還有點範圍，看起來很原始，外圍被丟了不少垃圾，蚊蟲也不是普通得多，讓他邊走邊抓臉，有點後悔應該先去問看看借個防蚊液再進來。

走沒多遠，他就發現找不到痕跡了，拖痕突然中斷，地面上完全沒有連接下去的跡象、也沒有被抹掉的樣子，斷得莫名其妙。左右查找了下，他還是沒找到接續的地方，不過這裡的泥土的確和屍體上的有點像，有擴大搜查的必要。玖深抓抓臉，拿出手機想先打給虞夏和阿柳，才發現這地方收訊很差，電話撥不出去；一回頭，驚覺自己不知走多遠多深入了，整片林子黑壓壓的只有他自己一個人，除了手上手電筒外，完全沒有任何光線，而且安靜到連個蟲叫聲都沒有，氣氛霎時詭譎。

……有時候他真恨自己認真起來時會無視周遭狀況。

這裡好恐怖啊啊啊啊啊啊啊啊啊啊啊啊啊啊——

然後玖深覺得自己真的開始有點腳軟了，方向感瞬間消失，手電筒照來照去都沒照到出口，只有很多很多的樹幹樹枝，打過去照出來的影子怎麼看都很詭異，「救……救命……」慌起來之後，他突然找不到剛剛的拖痕了，照著腦袋裡殘存的印象往外走，轉來轉去也轉不到可以看到土路的地方。

到處都是黑色的樹。

每棵樹後面好像都有點什麼。

好可怕，而且蚊子好多。

玖深一邊抖一邊繼續走，很想挖個洞把自己埋起來，這樣就不用走這種恐怖路了……早知道剛剛就先叫阿柳一起看拖痕了，擅自行動回去肯定又會被臭罵一頓還要寫報告……還是先把自己埋起來比較好？反正不見的話，其他人一定會找來的，自己一個太可怕了好想逃避啊啊啊……「嗚啊！」

才剛想著挖洞，他腳底突然下陷，猛地整個人往下一摔，周圍大量落葉和垃圾也跟著他踩穿的地方同時垮下去，接著玖深摔進一個很有深度的地方，腦子撞得七葷八素，嗡嗡響個不停。

過了一小段時間，他才意識到自己眞的掉進洞裡了！

而且這個洞好深好冷！

某種怪異的氣味慢慢在空氣中擴散開來。

那瞬間，他霍然察覺了在救護車上清醒之前，自己似乎也是夢到置身在這種樹林中。異樣的巧合讓他整個人都傻了。

「救命啊啊啊啊！」

□

啵。

黑暗中，他聽見了像是小小氣泡破掉的聲音。

很像是什麼魚吐出的泡泡聲。

「……玖深，你在這裡嗎？」

幾束光線從遠處照射過來，然後上下不斷晃動著。

「聽到的話出個聲啊！你啞巴啊！」

很多人喊叫的聲音逐漸接近。

「救、救命……」用力抬起手抓住土面，他不知道自己喊的聲音夠不夠大，「嗚……快點救人喔……」

外面聲音突然靜止了兩秒，接著有光朝他這邊來了。

沒過多久，一道光線打下來，穿透了黑暗。

「白痴！你在這種地方幹嘛！」看到洞裡的人，沿路找來的虞夏實在很想抬腳往對方臉上踹，「這種高度上不來嗎！」

「……我有點腳軟……」看到熟悉的臉之後，玖深才從快崩潰的情緒慢慢穩定下來，「嗚嗚嗚老大，拜託把我拉出去……我的手電筒好像壞掉了……」他的手電筒剛剛啪一聲之後就死給他看，他整個人都快昏了，只好抱頭縮在洞裡，完全不敢看其他地方，很怕看到不該看的東西。

「找到了嗎？」聽見對話聲後，陸續又來了幾個員警，接著一群人才七手八腳地把不知道怎麼掉進洞裡的人拉出來。

玖深被救出來後，一時也站不穩，就抖抖抖地被虞夏扯起來。

「你是怎麼走到這裡的？」留意到對方走路有點拐，虞夏讓個員警過來幫忙扶人。

「啊，那個、先等等。」玖深掙扎地停住腳步，馬上想起剛剛自己循線找過來的痕跡，「老大你們找過來時，應該沒有踩壞吧？」

「什麼？」虞夏瞇起眼睛。

「屍體被拖過去的痕跡……從這裡過去廟的……」很想快點找到那個地方，但是玖深一回頭，也搞不清楚原本在哪邊了。

「……你來的時候沒看清楚周圍的樣子嗎？」不知道這傢伙的老毛病是不是又犯了，虞夏皺起眉，「屍體不可能一路被拖過去，光是距離就不太可能。屍體上並沒有任何拖行磨損的跡象，剛才你也看過不是。」

「咦、咦可是……？」剛剛看屍體的時候，上面的確沒有拖行後特有的磨損特徵，玖深想了一下，認爲說不定是有裝袋什麼的，但屋頂上那條痕跡沒有停頓也沒有其他掏解痕，確實是就這樣過去的沒錯。

「別說距離了，實際上也不可能。」虞夏揪著人走出樹林，指著外面，「你看。」

出現在玖深面前的是條土路，入口處還有他剛剛放下的記號，但卻看不見廟宇的圍牆，取而代之的是接續在一邊的上坡柏油路；稍微有些距離外，是座燈火通明的小公園，附近有些住戶還在外面乘涼聊天。

「咦？咦咦？」剛剛並沒有看到這些住家和公園，玖深整個瞪大了眼睛，他很確定他在經過圍牆後馬上就進入這片樹林了，就算沒有，也不可能沒看到這麼顯眼的地標。

「公園那邊晚間也有民眾出入，這條上坡路的終點就是那座廟，從這邊走到廟大概要二十分鐘吧，我們是一路找下來的，也花了快半個小時。」說到這，虞夏就想揍這個來搗亂浪費時間的傢伙。如果不是看到廟後方和樹林入口有記號，這白痴大概就種在那個洞裡了。

「這不可能啊……」玖深呆呆看著馬路，腦袋一時拼接不起來剛剛是怎麼走的。

「學長。」

就在玖深整個人空白之際，留在樹林裡的員警走了出來，匆匆靠近虞夏說了幾句話，接著虞夏臉色變了變，交代個人去找醫療人員過來，便與那名員警跑回林子裡。

沒多久，小伍和阿柳也冒出來了。

接著一輛救護車也從住宅那邊的馬路鑽過來，剛才的救護人員乾脆不由分說直接把玖深給抓上去，呼嘯往醫院衝了。

到底發生什麼事情？

他眞的搞不懂啊！

被載到最近的醫院後，玖深就被轉手給急診室。

上下檢查過後，醫生告訴他只是一些擦撞傷，以及稍微扭到腳踝，幫他上過藥順便吩咐了一些大小注意事項，就讓他自行離開了。

領完藥他才後知後覺想起自己的車子和工具箱都還留在廟那邊，只好先撥了電話請阿柳幫他把車開回來，後者沒好氣地叫他回家好好休息，明天自己回局裡領車。

看著黑暗的天空，玖深嘆了口氣，準備招計程車時才發現自己肚子也餓了。一整個晚上兵荒馬亂的，現在被踢出來又沒事幹之後，才想起來晚上都還沒吃到什麼，本來打算拜拜完在外面的攤販買點東西的說，他有看到蚵仔煎很想吃……他阿母和小蔦竟然還眞的給他傳美食照片，阿母簡訊上面寫著是小蔦教她照相和發照片簡訊的……他回去一定要掐死小伍。

翻了翻身上的東西，幸好錢包有在身上，相機和工具給其他人接手了；制式外套剛才脫在樹林那邊，也沒有其他物品，看來果然就是回家向他阿母交代好今天的事情，接著睡一覺，剩下的明天再說了。

玖深嘆了口氣，有點內疚今天工作沒完成，還給虞夏他們添麻煩，那時候沒看到有記者跟出來，八成是他們也費了不少工夫攔住那些人，不然又要被寫成案外案的報導了。也不知道阿柳有沒有確保那些拖痕的完整性呢，如果可以連接好，說不定能找到藏屍地點或者是第一現場，當然後者是最好的了，可以省掉很多麻煩。

不知道老大他們有沒有踩壞樹林那個痕跡……

就在玖深思考發呆之際，一陣煞車聲突然從身邊傳來，把他嚇了一大跳，人也被輕微碰撞摔倒在一旁。

「你找死啊！」

被罵了之後，玖深才發現自己不知不覺已經走到馬路中間了，而且剛剛還站著不動想事情，幸好半夜路上車輛不多，衝過來的機車騎士煞得很快，才沒把他撞回醫院。

「對、對不起！」連忙掙扎爬起道歉，玖深才注意到差點把自己輾過去的是輛銀白色的摩托車，車型很美，有改裝過引擎和一些配件，發動的聲音很好聽，「真的對不起！」

跨下摩托車的騎士沒好氣地拿下安全帽……是個女孩子，這讓他突然想起總是騎著野狼的小海。

玖深愣愣地看著好像還沒成年的女孩，對方上下檢視了車，接著才怒瞪他一眼，開口：

「還好沒事，不要站在馬路中間，很危險啊！你應該不是要假車禍詐騙吧！」

「不不，我不小心發呆，對不起。」玖深不斷連連地道歉，他其實有點懷疑這年紀的女孩子怎會有這麼好的車，接著他立即把注意力拉回來，「如果有壞掉的地方我可以賠……」

「不用了，沒事。你別走路不看路，當心被撞死，這一段很不安全，晚一點還會有飆車族出沒。」

雖然很生氣，不過女孩子倒是還算不錯，竟然還關心他這個陌生人。

玖深默默有點感動，「謝謝，妳眞是好小孩。」

「神經病，快回家啦。」撿起地上的藥包塞進玖深手上，女孩重新戴上安全帽，跨上摩托車，轉了一圈確定車輛沒事後，瞬間衝出馬路離開了。

很想追上去叫對方不要騎這麼快，不過玖深還是在原地目送對方的車尾燈消失。

空氣中輕輕傳來若有似無的「啵」一聲。

「？」

轉過頭，玖深什麼也沒看見。

□

「有看到嗎？」

「有、看見了。」

小樹林裡拉起了封鎖線，從廟宇那邊被叫來的阿柳抬高手電筒，在拍照後從洞裡挖開的位置挾出一塊捲曲污黑的東西，然後轉身放進其他隊員已經準備好的證物袋裡。「看起來應該是了，玖深那傢伙居然沒發現嗎？」這樣還好意思出門搜查？

「他的手電筒撞壞了。」蹲在旁邊的虞夏聳聳肩，「不知道怎麼撞的，還好他固定蹲在角落，不然亂竄踩到不該踩的，回去就可以揍死他。」都搞不清楚那傢伙究竟怎麼找到這麼偏僻又有些距離的地方，雖然聽見廟公說這裡有林子時，他也有打算要繞過來看看，畢竟屍體上有泥土，附近的這片樹林就非常可能有所關聯。

抓住虞夏的手離開洞穴，阿柳拍拍衣服上的灰土，「我剛剛仔細看了一下，覺得這裡搞不好眞的就是埋屍地點，你看。」打開另外一隻手，手套上的泥土帶著黑色少量的點狀物，與屍體上落下的一致，另外還有些疑似頭髮的黑色細長短毛。

「玖深摔下去時，這裡的確還是覆蓋著的。」把那傢伙踹走之前，虞夏已問過當時的狀況。根據玖深描述，他來到這邊的時候的確都是平地的樣子，在他踩空摔倒後，才直接撞破土層摔到下面，這點相機裡也有照到當時的影像。也就是說，當時，這個位置是中空的……

「你覺得我們要怎麼委婉地告訴他？」阿柳也想到同樣的事，很嚴肅地看著旁邊的娃娃臉，「屍體跑到屋頂上，然後本來埋屍體的地方空了只剩上面薄薄的土層，他就這麼不知死活地剛好踩進去。」不用想，他都覺得耳邊傳來慘叫聲了。

更別說，他們根本沒看見什麼拖痕。

離開之前，玖深一直信誓旦旦地說有拖痕要他們保管好，但阿柳也上過屋頂，一路沿著玖深留下的痕跡過來，卻沒看見所謂的「拖痕」，屋頂上乾淨得不得了，只看到一、兩個鳥巢，還有鳥在裡面睡覺被他嚇了一大跳，就是沒有拖痕。

打開了玖深的相機，裡面的照片也沒有拖痕，只是非常普通的一般影像，只有幾張他做下的記號、尺比對和黑色點點。

「誰管他，要做這種工作就要自己有覺悟！」虞夏煩躁地嘖了聲。如果做個工作還要考慮會嚇死這部分，那到底還要不要做啊！乾脆去指揮交通算了！

「老大，你覺得多買一點零食轉移他的注意力有用嗎。」因爲工作區一樣，阿柳開始思考要怎麼分散某傢伙的恐懼。

「他一專心就會忘了，你不如丟多一點業務給他。」

「但是那會變成過勞死。」

虞夏開始磨牙，覺得很麻煩，「反正都是死，過勞死比嚇死好吧！」

「……兩種都不好吧。」

正要講點什麼時，虞夏遠遠看見嚴司拉高封鎖線鑽了進來，還一臉很像在什麼風景區觀光的表情，往他們這邊閒蕩過來，就止住過勞死和嚇死的話題了……如果讓這吃飽撐著的人知道，那就不只這兩種死了。

「有什麼好玩的啊？」本來已經跟屍體離開的嚴司半路收到電話，又繞回來，一回來就聽見玖深被救護車抓走了，讓他無限好奇自己沒參與到的盛況。

「你看看這個。」接過剛剛挾出來的東西，其實也在等檢察官過來的阿柳遞給某法醫。

用手電筒仔細照亮了那團黑色東西，嚴司隔著封袋撥了撥，「嗯，沒錯，應該是三乾的肚皮。」雖然被破壞得很嚴重，但周邊刀痕一致，都是類似的凶器造成，看來是死了才被割開肚子，從痕跡看來，是右手。

「果然沒錯。」虞夏看見時也覺得八九不離十了，所以就讓員警們先擴大搜查這一帶。

看著阿柳繼續去搜索，嚴司環著手，瞄了眼旁邊的虞夏，「被圍毆的同學最近如何？」

「……我這週加班加到每天只有兩小時可以回家沖澡，你覺得呢？」虞夏冷冷看回去。

「嘖嘖，天國近了。」

一拳往嚴司肚子揍下去，虞夏打算讓這傢伙先去天國。

「開玩笑的開玩笑的。」嚴司連忙抱著肚子往旁邊閃，咳了兩聲把主題轉回來，「我前室友一直很想找被圍毆的同學談談耶。」

「我哥和小聿最近有在跟他聊，前陣子我們就覺得他很怪了。」帶著他家小孩跑了鄭仲輝的事情下來，虞夏覺得自己觀察的應該錯不了，自譚雅芸和葉翼的事情開始，與宋蕙純那天晚上的淺談後，他就一直在注意變化。

「他是不是搞混界線了。」

「嗯……」

最終，虞因和他們並不一樣。

他只是很一般的人，並沒有如他們般接受過各種訓練與心理建設，所處環境也與他們不同，他們也都儘可能不要讓他去接觸最黑的部分。他的本質是個很喜歡快樂事情的小孩，並不適合面對各種狡詐人心，所以才會一再遭受打擊和受傷。

不管是虞夏或是虞佟在很久以前都已經跨過了這個部分，年輕的小伍是警校出身，不但接受過訓練、且再怎樣衝動，身邊也全都是有一樣經歷的員警們互相扶持幫助。

所以，他們知道不須要爲死者牽掛什麼，只要盡最大的責任做到該做的部分即可。

不過虞因不同，雖然從小也在局裡玩耍，但踏出去後，終歸是和一般的學生玩樂。一開始他會覺得幫得上這邊很有趣，也很有成就感，救了人、解決了案子也是很好的事情，這讓他覺得自己做得很好。

但時間一拉長，他會開始覺得全部都是他的責任，而那些東西也認爲他有義務得幫忙而不斷找上門，到後來根本不分晝夜。

只因爲他看得到、聽得到、做得到，所以他很難告訴別人這些事情，也無法分出去讓他人一起承擔。

可是如果忘記界線，是不行的。

就像他們再怎樣覺得可憐，也不可能讓自己和亡者家屬同化，完完全全地照單全收幫忙奔跑。

那已經超出能盡力的範圍，自己無法分辨就會感到混亂和迷惑；因爲如此而想要做更多是不行的，在各種挫折後，下意識想要自己下次做更多來彌補、甚至影響到生活和一切，是絕對錯誤的。

第一次涉入各種事情的結果是他幫助了聿、幫助了很多東西，然後那些東西也給予他回饋，加強他的信心；之後他開始認爲必須從頭到尾都做到完，接著一再遇到更多事情，結果大多不算好，讓他一直想要再做更多來彌補缺憾。

這樣是不對的。

不可能所有事情都會有這麼好的結果。

而且他們並不欠誰。

他還不清楚宋蕙純所謂的「已經同意」究竟是什麼意思。

但他一定要阻止。

隱隱約約，虞夏並不覺得那是好事情，可是他絕對、絕對不會讓其他人來破壞自己的家庭，任何事物都不行。

「一定要攔住。」

嚴司淡淡地開口：「不然他早晚會因爲什麼都做不到而崩潰。」

他把自己看得太厲害了，實際上，他就只是普通人。

不是法醫、不是檢察官、不是鑑識，也不是警察，只是一個非常普通的人。

「我知道。」

虞夏冷冷地看著黑色的天空。

不管他兒子承諾了什麼，他都要那些鬼撤回去。

絕對！

3

翌日，玖深一大早送阿母搭車回家後，就直接跑回局裡。

「阿柳早！」

把阿母交代的東西都分贈完後打開實驗室，意外地沒有人。

玖深愣愣看著空空的實驗室，不知道爲什麼他剛剛好像有聽見聲音，大概是聽錯了，於是就閉上嘴巴走進去。桌上放著幾件待檢查的物品，上面有阿柳的簽收，看來應該是出去買東西了，阿柳這時間都會吃早餐，有時候還會拿咖啡或抹茶、綠茶去休息室。

一看到那些帶回來的物品，他就有點抖。

早上醒來時看見阿柳發給他的信，信裡交代了昨天他離開之後的事，看完之後他整個慘叫，還被他阿母說一大早在那邊靠北靠木，罵了一頓才出門。

但是那眞的不科學啊啊啊——

「我～死～得～好～慘～喔～～」

「哇啊啊啊啊啊！」

被身後森冷的語氣嚇個半死，玖深往前衝，一頭撞在櫃子邊時，才聽到後面傳來笑聲。

「玖深小弟，你反應也太大了，有沒有這麼誇張啊。」嚴司靠在玻璃門邊，似笑非笑地看著差點把自己撞成豬頭的人。

「不要這種時候嚇我啊啊！」昨天的事他還有點怕怕的啊！昨晚還好他媽媽留宿一晚他才睡得著，但一整晚也拚命作惡夢，搞得覺都沒睡好還被早上的簡訊驚嚇，他還在想今天要不要去阿柳家借住啊！恨恨地看著該死的法醫，玖深按著桌子往後退了兩步。

「別鬧了。」隨後過來的黎子泓看見眼前的畫面，大致上猜得出來嚴司幹了什麼好事，無奈地搖搖頭。

「啊，黎檢你可以上班了嗎？」看見休假很久的人出現，玖深連忙跑過去，接著發現對方穿的是便裝。

「明後天正式上班。」淡淡笑了下，今天掛著訪客牌的黎子泓這樣說道：「和虞警官打過招呼，所以繞過來這裡看看，等等要去找葉警官。」

「喔喔，那太好了。」看著對方好像真的恢復得差不多，玖深心裡一塊大石頭放下了。

「其實應該再多休息一陣子比較好，但是工作狂堅持要復工。」嚴司嘖嘖了兩聲，聳聳肩，「他腦震盪還有點後遺症，不定時會頭痛。」

「咦？那不多休息一陣子嗎？」馬上又擔心起來的玖深看著檢察官，「再申請一下比較好吧？」如果痛很久都沒好，那就糟糕了。

「沒什麼，阿司都故意講得很誇張。」不覺得會造成太大的影響，黎子泓認爲自己已經可以回到工作崗位上了。

「我才沒有故意，你也不想想這段時間都是誰在照顧啊！」

「我父母。」

「你是說那個來三天就被你趕回去的悲情雙人組嗎……」

看著他們兩個吵吵鬧鬧爭辯著離開後，玖深才重新回到工作室。

黎子泓回來後，大家就會安心很多了吧。

雖然玖深覺得有些抱歉，但是和顧問縈的合作實在有點認知上的差距，也不是說她會刁難人，就是她的工作方式和黎子泓有所不同，也不如黎子泓那麼方便，還常常看到虞夏撥時間在那邊打有的沒有的簡報，其實很麻煩。

總之，人回來是最好的。

玖深心情愉快地打開儀器，哼著歌檢查昨天帶回來的一大批物品。

「玖深學長，有空簽收一下嗎？」

他抬起頭，看見送件的人站在門口，然後過去接下對方送來的東西，那是一小箱物品，看來是分配到他這邊的工作。

「學長你是不是昨天沒睡好啊？黑眼圈很重喔。」青年站在外面等他，笑笑地問。

「有點……」自己昨天的慘劇應該已經傳遍局裡了，玖深想著有點尷尬。

也不知道是不是發生那些怪異事情的關係，他昨晚一躺下去，就不斷夢到自己躺在冰冷的泥土裡，完全動彈不得，拚了命想呼救卻連嘴巴都張不開，那些泥土一點一點地塞進他的鼻子、嘴裡，甚至可以嗅到那種濕潤腐臭的氣息。

因爲太過眞實了，他整個晚上不斷被驚醒，然後又倒頭繼續睡，接著又被嚇醒，反反覆覆直到天亮才眞正安穩地睡了一會兒。

簽收好送走人後，他看著裡面的幾件小物品，都是很一般的小東西。

「哪來的啊？」

正在檢視內容物時，阿柳從外面走進來，身上還有點綠茶的味道。

「上面沒寫急件，應該是一般的案子吧，說想要檢驗這些東西。」玖深稍微看了看，是沾血的手帕、藍筆、沾血的廉價心型項鍊，項鍊是可以打開放相片那種，不過裡面是空的；另外還有空的塑膠藥盒、空白便條本與幾張現場照片。「一個十六歲的女孩子死在家裡，家人發現她死在血泊中，驗屍後確認她做了墮胎手術、十成九是找密醫，但是沒有處理好，造成嚴重血崩；加上女孩有先天性疾病，於是失血過多休克，家人發現時已經來不及了。看來家屬完全不知道墮胎的事，也不知道她是在哪裡做的，這些都是她死後在身邊發現的物品。」

「嗯……」這年頭，有些人不好好保護自己，搞出人命之後才搞一些有的沒有的花樣，阿柳嘆了口氣，「衣物怎麼沒有送來？」

「……上面寫說衣物遺失。」玖深也搞不懂是怎麼回事。

「咦？不會吧？接收屍體時沒有馬上收過來嗎？」阿柳靠過去，皺起眉。便條上寫著遭到偷竊，這樣就算找回來，證物也已經被污染了，無法使用，「搞什麼鬼。」

「好像還有其他東西一起被偷，最近失竊率真高啊，前兩天才聽到附近消防隊那邊說宿舍一直被偷東西，連架設的監視器都少了一部。」出門買儲備糧食的時候，玖深和認識的人聊了一下，本來還問他們要不要送件，隊員們就說報警了，等轄區員警處理吧，員警多少都知道一些慣竊，就看幫不幫忙了。

「眞是的。」世風日下啊。

玖深拿起箱子，看著裡面少少的物品，輕盈到不用費任何力氣，「人活過的重量只剩這些，爲什麼都不好好珍惜活著的時候呢。」

他從進來這邊之後就這樣覺得了。一件接著一件的案子，一箱接著一箱的證物，死去的人留下的痕跡那麼少，有時候根本找不到他曾活著的遺留證據，一個人死後就只剩下這樣，爲何要糟蹋在世的時間？

多做一點自己喜歡的事情、多和身邊的人在一起，這樣不是很好嗎？

「玖深，我們來玩平常玩的那個吧。」見旁邊人沉默，阿柳開口打斷對方的安靜。

「咦？好啊。」

阿柳打開質譜儀，看了眼那些物品，「女生的對象年紀如何？」

「手邊沒有詳細背景資料，但果然應該是同年紀的同學吧。」雖然他們的工作是分析這些物品，不能有太多先入爲主的觀念以免影響鑑定方向，不過私下看著證物時，還是會這樣像是玩著遊戲般地猜測，所以偶爾虞夏他們也會來問問意見作爲多方參考之一。「年長的不會送這種項鍊，太夢幻、也太廉價了。十六歲女孩很少找年紀小自己太多的，所以相同年齡的機率較大。」仔細看了項鍊，上面的血跡呈現手指的印子，顯然死者死前仍緊緊握住。

項鍊象徵的應該還有情侶間的誓約吧，自己買的物品不會這樣，所以該是對方送的、有代表意義的物品。

以有誓約爲前提，年紀稍長些的多數會以送戒指爲優先考慮，心型項鍊之類的比較少。

「筆、紙應該都是死者生前最後想要寫點什麼留給誰，藥盒或許是開給她的止痛藥物或墮胎後使用藥物……用一般市面上隨處有賣的盒子，這個密醫很謹慎；如果有殘留藥粉，或許可以分析出使用藥物，進而查找進過這些藥品的地方加以過濾。」阿柳思考了下，繼續問道：「那你覺得死者生前是怎樣的女孩子呢？」

「嗯……我想是乖孩子。」玖深嘆了口氣，「她用手帕啊。」

相同年紀的男孩、天真的心型項鍊、帶在身邊的手帕，他們就只是一對非常平凡的小情侶，說不定還是班上的班對、乖乖牌。

「問題在於，這樣的孩子是怎麼找到密醫的。」阿柳轉過身，和玖深對視了下，「朋友？家長？網路？同學？」

「是啊，怎麼找到密醫的？」

以及，怎麼會有那些錢付給密醫？

□

「阿兄阿兄！」

正午時分，阿方才剛從校園裡走出來，迎面就看到小海在對向朝他揮手。也沒想到自家妹妹會在這時候出現在學校外，他加快腳步穿過馬路，「怎麼突然跑來了……啊，難怪要買三杯……」

「啥？」小海歪著頭。

「沒事，妳不在家裡睡覺跑出來幹嘛？昨天不是弄到清晨才回來嗎？」他才剛回家睡覺沒多久，就聽見野狼跑回家的聲音，所以大致知道時間。

「翻來翻去睏不去，就出來逛逛。」巴巴地跟著自家阿兄往餐飲店走，小海左右看了一下，「一太哥呢？」

「大概是在圖書館哪個藏書室裡睡覺吧，剛剛打電話叫我買飲料和午飯，妳要一起吃嗎？」雖然這樣問，不過剛才阿方接到電話時，對方的確是指定要買三份。

「好啊好啊。」也沒打算去哪邊，小海決定就這樣蹭飯了，「是說阿兄你們都不用趕畢業要做的東西喔？」她總覺得都沒看到她阿兄在趕什麼，不是聽說大學畢業要交到死嗎？她阿兄怎麼沒死？

「論文之前提早交掉了，一太不知道怎麼回事，很早就抓著我一起提前寫論文，所以現在沒事幹了，就等畢業，設計系那邊才是眞的忙吧。」比起他們，李臨玥那邊才叫兵荒馬亂。阿方大致上有聽到李臨玥和阿關他們抱怨了下同組的虞因突然變更了設計作品方向，幾個人現在忙得焦頭爛額，幸好時間湊一湊都還夠，大概就是要賠上整個寒假了，「小海妳沒事不要去鬧阿因，他們現在夠多事情了。」

「恁祖嬤才沒那麼白目。」

「妳不是說要戒髒話嗎，氣質呢？」

「老……我有！要點時間而已！啊我要雞排飯。」

邊買東西，邊和小海槓著有的沒的話，然後兩人一起提著飲料午餐走回學校涼亭。

遠遠的，他們就看見一太已經坐在涼亭裡，翻著手上小小的書本，見到他們走近便闔上本子，露出一貫的微笑。

打過招呼後，小海就打開香到不行的飯盒，痛痛快快去咬她的雞排了。她還特地要老闆娘別切，雞排就是要整塊咬才有感覺。

相較之下，一太就吃得很斯文。

一邊嘆息妹妹凶猛的吃相，阿方一邊拆開筷子，「今天晚上也去嗎？」

「是的。」接過飲料，一太點點頭，「老樣子、同時間，麻煩你了。」

「阿兄你們今天又要去飆車喔？」小海半抬起頭，來回看向兩人一眼，「我在店裡也聽到一些風聲，那群人又要找你們麻煩，要不要幫你們撂些小的去助陣？絕對讓那些臭卒仔死不完還可以打包回去。」

「我們沒有去飆車，那是夜遊。」

「開快快的都一樣啦。」小海覺得沒太大分別，她自己也喜歡開很快，風吹來很涼，而且很舒服，速度感很爽，催油門去輾一些渾蛋更爽。

「說到這個，妳下次輪子不是要壓馬路的話，回來前先弄乾淨好嗎，前幾天大門前面那條血痕我都不知道該怎麼和媽解釋。」那天早上一大早要牽車時，阿方和路過要澆花的媽媽就看著地上微妙的黑紅色痕跡沉默很久，只能自己趕快刷掉。

「就說告丟嘎爪啊。」

「蟑螂最好會噴血啦。」

「啊就都害蟲咩，有什麼差，就是血多一點的害蟲……那個實在有夠過分的，欺負女孩子還吃人吃夠夠，拍裸照、還按門鈴一直騷擾，老娘只輾他下半輩子不能造孽算很好了。」小海最看不起這種敗類，之前那件案子如果不是條杯杯他們收得快，她就去蒸發掉那些垃圾。一些垃圾就喜歡欺負無法還手的女孩子，以爲女生都好欺負嗎！她就是清晨四點打道回府時聽到女孩子在鐵軌前面哭、打算天亮要去自殺，抓著人問清楚，然後撂人去修理那隻血多的臭蟲！現在想想還眞是太便宜那隻害蟲了！

「……妳有沒有處理妥當啊？」阿方實在很擔心他妹妹這樣胡搞早晚會出事。

「安啦，老娘很清楚告訴他，這次要他兩顆蛋和三顆牙齒，他敢再出現，就要他兩顆眼睛和全部牙齒，再來就是他的頭。小的們也去查清楚那傢伙的底細了，要是再給我們看見，就會輪流有人去關照他。」當然，小海也安置好那個女孩子，拍了一系列臭蟲的報應照給她，順便和她一起找了新的租屋幫她搬家，要她未來有事聯絡自己，確定對方眞的不會再去鐵路邊了，小海才讓她自己回去生活。「老娘有和那個女生說有事情再來找我，老娘一定會幫她處理好。」

雖然也可以報給條杯杯他們介入，但是小海覺得太慢了，而且那個女孩哭著說太丟臉了不要被人家一直問……其實又不是她的錯，結果變成她丟臉到底是什麼世界。用不算靈光的腦袋思考了很久，小海才決定用自己的方法解決，雖然條杯杯不喜歡，不過她還是認爲這樣比較好。

那條蟲都已經犯到女生家了，再讓白道慢慢處理，人都被火車輾死了，到時候剩一堆肉塊有什麼用。

垃圾毀人家一生，她毀他下半生來賠算很合理了。

聽著小海的概述，一太笑了笑，「我想對方不會再出現了。」

「你看你看，一太哥都這樣說了，安啦。」小海搧搧手，讓她哥別介意了。

「妳喔……」

「安啦安啦。」

「不過，女孩子那邊我想應該還是要注意一下。」不知爲何，一太總覺得事情好像還沒結束。

「嗯，老娘會定時去巡巡走走。」

吃飽後，一太收妥飯盒，看著同樣差不多也吃完的兩兄妹，想了想，轉向小海，「我們學校那個女孩子的事情後來解決了嗎？」

「喔，你是說我小弟馬子的那個啊？解決了，我把那個巴辣揍了一頓叫他要對女生負責，現在正在存錢，明年要給人家一個婚禮。」

前陣子，資管系有幾個女生跑來找一太，說是她們的姊妹淘不小心弄大肚子，因爲還在求學，所以女生想要墮掉，不要讓小孩影響前途；幾個朋友覺得這樣不妥，而且那女生不知哪裡找來密醫的資料，難以主動聯絡，隱晦得詭異，姊妹們覺得有點恐怖，就在學姊的指示下跑來找一太幫忙。

一太乍聽之下也覺得有些怪，就問了小海這件事，小海就去堵她家小弟，才知道小弟找了檯面下那些有的沒的，跟女生講好要去墮。

於是攬了這件事的小海就先把小弟修理一頓整整門風，接著把女孩也叫出來，三個人坐下來一起討論討論。

女孩子乾淨乾淨的，看起來也是好家庭養出來的，小弟也承認是在圈外認識的，因爲對女孩很著迷才追求，也是眞的很喜歡她，沒想到弄著弄著兩個人就糊裡糊塗弄成這樣了。

但是因爲兩人都還很年輕，其中一個還在學，他們怕小孩出生後負擔不起，畢竟現在景氣眞的很差，多個小孩就是連帶一起受苦；男方現在的工作也很不穩，雖然老闆有給他們比較好的薪水，可是也不知道能做到何時，而且不管如何都會影響女生的前途。

雖然很想要小孩，但是女方也認同現階段必須墮掉才行。

「老娘就問你們一句啦，你們內心到底想不想要？」聽著前面一堆裝飾解釋，小海煩躁地打斷他們的話。她實在很不喜歡那些彎彎曲曲的繞話，要或不要講清楚就好了，簡單明瞭快速解決才符合她的作風。

小弟和女孩對視了下，一起點頭。小弟是認眞的，女孩子也是認眞的，只要再晚幾年，他們絕對會要這個孩子。

然後小海就卯起來把其實比自己大好幾歲的小弟揍了一頓，叫他男子漢要承擔責任，不要一句自己不行就要人家去墮掉，還找什麼沒牌的！要知道有的人想要小孩還要不到，你們現在這樣亂來，萬一女孩子身體因爲這樣搞糟了，說不定以後都沒有了，給老娘扛起來！

後續發展還算是滿崎嶇啦，總之就是在小海的暴力淫威外加押著人之下，小情侶戰戰兢兢地回去向雙方家長報告這件事，小弟又被兩個家庭各自海扁了一頓，打到一個人快腫成三倍大。之後男方家長拜會了女方家長，也保證會負起責任，甚至拿出存摺說絕對夠養活孫子，最後總算是有個不錯的結果。

目前大致上的結論是女生會生下小孩，小孩妥當後小弟就要擺桌結婚，目前小倆口還算甜蜜。可能是事情解決後也放下心裡一塊大石頭，女生看起來也精神許多了。

因爲知道是好人家的女孩，小弟也決心要存錢讓他們有個依靠，又把小弟扁一頓的老闆也很有義氣地說會再問問幾個朋友，讓小弟去做比較正常穩定的工作，不要在這裡打混。

幸好那傢伙也上進，現在跟著女孩一起學有的沒有的，要加強自己去洗白了。

反正要是敢辜負女孩子，她第一個就去把那傢伙抽筋拔骨。

「這樣就好。」一太點點頭，對於回報的結果也很滿意。

「對了，那個密醫，老娘已經派人去探底了，一太哥你問這個幹嘛？」小海眨著眼睛，不曉得爲什麼對方會對那種事有興趣。

檯面下，其實這種人並不稀奇，甚至有些根本都有固定客源了。畢竟在這種環境裡，她也看多了男男女女們恣意濫情，有些根本不做保護，事後就找隱密的幫忙弄掉。小海待的店還算乾淨，老闆有所堅持，相較之下，附近許多店家客群都很亂，賣的也不少，於是發生的各種事情就更多了。

「這還不知道呢。」一太微笑了下，「或許以後會用到，而且多知道一些檯面下的事情，處理起來也方便。」

小海點點頭，咬著飲料吸管，「我也會找時間親自去探探這家，老實說，店裡也有聽到些女的在傳這家無論多大都可以包掉，還有什麼到府接送，聽起來怪怪的。」

「嗯，自己要小心點。」

「安啦！」

□

「老大。」

虞夏轉過頭，看見小伍跑步過來。

「幹嘛？」拉著外套，正打算出去的虞夏瞇起眼睛，有點不太高興被耽誤時間。

「玖深學長問說可不可以參考一個案子？他想要調資料。」剛剛搬東西過去的小伍有點緊張地看著眼前的同僚，「墮胎案，女生被發現死在家裡，上禮拜的新聞，東西好像送到玖深學長那邊了。」

「……」虞夏思考了半晌，不曉得那傢伙又想幹嘛，不過估計應該是證物方面有什麼問題，案子說小不小說大也不大，當時並不是他接的，不過只要他開口，對方肯定二話不說會給，「嗯……我回來再處理。」

「喔好，老大你要去哪裡啊？」小伍跟著往外走，很好奇地發問。

「有人通報死者身分，可信度很高，所以我要跑一趟請家屬確認。」上午一踏進警局，就來個隊員告訴他有匿名通報，是用公共電話打的，正在查那個區域有沒有拍到通報人。

從昨天開始他的手機就一直響，被一堆長官媒體追著要案情進度，響到被他暴怒關掉。後來長官代表開了記者會說了偵查暫時不公開，結果今早在吃飯時，虞夏就看到新聞報得亂七八糟還加油添醋幾倍不止，多少有心理準備今天一定會有更多電話了。

「那我跟你一起去。」

「跟前跟後煩死了。」

總之，在一陣糾纏之後，虞夏和小伍還是離開警局了。

經過一段車程，最終他們到達相當普通的透天厝前。眼前的建築物一點特色也沒有，就是稍微有點年代，約二、三十年左右的房屋，外牆早已泛黃，上面貼的裝飾磁磚也多少拉出灰黃色的痕跡，一邊庭院甚至還有鐵皮違建，老舊得很厲害，裡頭堆了一些花盆雜物。

跟在虞夏旁邊，小伍看著他按門鈴，出來應門的是個很普通的婦人，大約四、五十歲，打扮穿著和他媽媽有點像，都是那種捨不得買太好的衣服，所以穿的是質感普通的百元衣物，說不定還是買菜時順便在市場喊價挑買的，完全是隨處可見的一般家庭主婦，手上袖子還捲著，顯然正在打理家務。

虞夏出示了身分、解釋了幾句後，就拿出了圖像給婦人看——因爲死者的模樣實在扭曲得太過嚴重，所以他們請人幫忙趕製了人像以便發布協尋。

婦人在看清圖片之後，有幾秒鐘整個愣掉了，完全沒有任何反應。

接著，她突然摔倒在地，臉色刷白至極度恐怖，一旁的小伍連忙撐起對方，感覺到婦人全身散發的冰冷與顫抖。

「我……我就知道……都多久沒回家了……」

讓小伍攙著，婦人不斷重複著同樣的喃喃自語，眼神渙散地看著無物的空氣，身體幾乎沒有使力，「……都多久沒回家看看了……」

扶著婦人進屋後，虞夏詢問了對方便逕自倒來溫開水，讓婦人握住有些溫度的杯子。

在等待對方的時間裡，他稍微打量了屋內。收拾得很整齊，但仍可隱約嗅到一點點酒味，牆壁與地板、家具也有些碰撞損傷的痕跡；電視旁擺著全家福照片，是父母與兩個小男孩的合照，看起來應該有些年代了，照片上的母親和婦人現在的模樣有些差距，那時候看起來非常年輕且精神奕奕；那兩個大概國小年紀的男孩們則與他們圖片上的死者都有些相似。

「那是我兒子……」

虞夏轉過頭，看見婦人也盯著那張照片，手還在顫抖，「大兒子宇驥……林宇驥……他已經一個多月沒回家了……」說著，她要站起身時又一個踉蹌，差點再度摔倒，被一邊的小伍手快扶住。

發抖著讓人一邊攙扶一邊掙扎拿過手機，婦人打開相簿，讓虞夏看裡面的照片。

那是大約十八、九歲的男孩子，身高體型都與死者差不多，在相片中很爽朗地笑著，就像同年齡的男生一般帶著青春洋溢的氣息，背景則是輛機車。

虞夏瞇起眼，覺得那輛車很眼熟，總覺得在哪邊看過。很快地，他就想到了，不過暫時不動聲色，「妳知道他平常都在做什麼嗎？學校方面如何？」

婦人坐回椅子上，長長嘆出口氣，「宇驥國中畢業之後就沒上學了……平常都在飲料店和一些他不告訴我的地方打工，一個月會不定期回家幾次，有發薪也會拿些錢回來……他是個很乖的孩子，還會照顧比他小的朋友……我、我不知道……我什麼都不知道……」

看婦人好像還是很震驚，虞夏於是決定先讓出空間，便留下名片，告知對方稍晚會再來，然後就拎著小伍退了出去。

離開房子沒多久，他們就聽見裡面傳來嚎啕大哭的聲音。

感覺心情很沉重很複雜，小伍也不知道應該講什麼。

接著他們去了轄區，請人帶他們找上了當地里長，稍微打聽了下林家的事。

里長一開口後，小伍覺得更沉重了。

「他們那個弟弟啊，很多年前死了，說是全家去溪邊烤肉時，大人一個沒注意，結果兩個小孩自己跑到溪裡玩水被沖走，大的有救回來，小的三天後才浮起來。」老里長邊嘆氣邊爲他們沖茶葉，「造孽啊，那之後阿林仔就一直怪自己沒看好孩子，每天都在灌酒……啊，沒有家暴啦，警察大人不要搞錯，阿林仔都自己喝悶酒，醉了會砸瓶子，但沒對妻小動粗；

秀月看阿林仔一喝醉就跟著哭，兩個大人都沒走出來，也不要別人幫忙，直到這兩年才好一點。」

「他家宇驥也是乖孩子，不太講話不過很有禮貌，就是不喜歡讀冊，可能是看爸媽那樣心裡也難過，國中畢業就離家了，聽一些小孩說有時候會看到他半夜跟車群在遊蕩，不過沒做什麼壞事，還按月拿錢回家，也會回來走一走巡一巡，不知道自己在外面有沒有好好照顧自己，唉……」

讓老里長確認了下圖像，里長也說應該就是宇驥沒錯，然後給了虞夏一些電話號碼，說是以前宇驥給他的，怕父母自己在家有意外又臨時聯絡不上人，可以找他幾個朋友先來幫忙什麼的，老里長就一直壓在桌墊下了；接著里長說了自己兒子在外地讀書，但有陣子和林宇驥走得很近，可以問問他兒子。

離開里長家後，虞夏站在摩托車邊思考。

「現在要回林家嗎？」小伍覺得有點難過，好像有什麼卡著悶在胸口。

「你晚點過去吧，我先回局裡一趟處理玖深的事。你等母親鎮定後再和她解釋狀況，最好也等到父親回來或是聯繫上。」看了下時間，虞夏說道。

「呃，可是……」小伍很怕再去面對一次這種家屬。

轉過頭，虞夏瞇起眼睛，「既然要跟出來，就沒有什麼可是，早晚都要面對的，我以前還遇過通知時被完全不相信的家屬拿刀砍，你還有啥好可是的！」

「可是……」小伍有點委屈地低下頭，「老大慢走……」

「你可別跟著一起哭啊你。」

□

「玖深，我先離開一下喔。」

「咦？」從一堆數據中抬起頭，突然被叫到的玖深一臉疑惑地望向旁邊的同僚。

「老大打電話給我，說那台機車有問題，我要過去看看是什麼狀況。」阿柳夾著手機，先把手上暫時告一段落的物品封緘，「順便去買晚餐，你要吃什麼？咖哩飯好不好？新開的那家你前天說還不錯吃。」

過了好幾秒才意識到這串話語的意思，玖深連忙點頭，「好啊，謝謝。」一回神，才發現已經很晚了，明明好像才剛踏進實驗室，現在時鐘竟然已經變成晚間六點多，都過了下班的時間了。

「稍微做到一個段落，等等吃飽飯一起下班吧。」估算著時間，和乾兒子約好要看午夜場電影的阿柳可不想錯過，最近事情連連已經放過小孩幾次鴿子了，再放會遭恨。

「好。」

阿柳離開之後，實驗室又重新恢復寂靜，只有各種儀器發出的電子運作聲響。

揉揉有點痠澀的眼睛，玖深放好反應藥劑之後拉拉肩頭，摸到旁邊的椅子先坐下來打報告。他實在是有點介意墮胎這件……提出那種要求不知道會不會被老大呼巴掌，但總覺得哪裡怪怪的。

調出當日拍回來的現場相片後，他更覺得奇怪了。

好想自己去走一趟。

滴答。

正看著相片出神思考可能性，玖深突然聽見水花的聲音，不知是哪裡傳來的……該不會是哪個藥劑出問題吧？

有點緊張地確認過四周物品儀器和冰箱，沒什麼狀況……大概是幻聽？

唔……常被嚇個半死果然很容易變成有幻聽，壓力太大了啊……

答。

動作僵住。

玖深慢慢回過頭，實驗室裡突然安靜到極點，儀器規律單調的跳動聲反而突兀得詭異。

不知爲何，他總覺得這裡好像不只他一人，之前也有好幾次這種感覺，把他嚇個半死，但來過幾次的阿因都說沒看到什麼……該不會眞的是自己太敏感吧？阿柳說得也沒錯啦，老是這樣好像也太……

喀。

「哇啊啊啊！」

整個跳起來之後才發現是筆從桌上掉進了桌底下。

「不要自己嚇自己不要自己嚇自己……」就算好像有什麼應該也是錯覺才對，他又不像阿因看得到，肯定是自己的錯覺佔了大部分。

玖深彎下身，撿了筆後幾個深呼吸，慢慢冷靜下來，讓自己重新把注意力放回報告和結果，他剛剛看到哪裡……

滴答。

——他確定絕對不是幻聽！

眞的感覺到周遭連空氣都改變了，玖深呆呆看著桌面，完全提不起勇氣回頭，他幾乎聽見一絲冰冷氣流在他耳邊捲來很淡很淡的細小聲音，讓他全身雞皮疙瘩都爆出來。

某種視線感出現在身後。

沉靜的空氣中，有人正在後頭看著他。

從天花板慢慢爬了過去，沿著牆面緩緩爬下來，絲毫沒有驚動寂靜的空間。

那始終固定在他腦後的視線感像是針般細細地刺著皮膚毛孔，全身細毛跟著悚立，頭皮緊繃發麻。

以前曾遇上幾次這種狀況，但阿柳他們老說是他太過敏，說就是越怕神經才會越緊張，這也就是他護身符越找越多的原因。現在的感覺又讓他想起之前在後車箱時那雙盯著他看的眼睛。

黑暗中直勾勾盯著他，沒有前進也沒有後退，在一切都未知的時候差點狠狠嚇死他。當時他就覺得奇怪了，因爲那個東西和阿因形容的死者感覺不太一樣，不知道爲什麼會出現在後車箱，也不曉得爲什麼那時候會看見，總之出院後他就趕快跑去燒香拜拜兼收驚，還一度想過要不要去試試催眠，看看能不能消除那段記憶，這樣人生好像會比較輕鬆……

現在又出現了。

腹部和手腕都痛起來，似乎一直沒有完全復元的舊傷隱約抽痛著。

玖深按著手腕，用力閉了閉眼睛，很僵硬地站起身，然後努力地把頭低到最低，慢慢地往牆邊移動，想要順著牆面摸到門口，先衝出這個地方再說。

桌面上的電腦螢幕閃爍了下，光影在玻璃上勾勒出微妙的痕跡。

「不要嚇我不要嚇我……」玖深吞了吞口水，抱住頭部，不敢去看那道光影到底是怎麼回事，也不敢確認是什麼形狀，再往前踏出一步，他突然覺得實驗衣好像被什麼勾到了，身體往前扯了幾下，衣料卻還是勾著向後拉。

莫名的視線感還在，而且似乎隨著他移動。在心裡哀號了幾聲後，他抖著手往後探，先摸到的是質譜儀，往下摸才發現衣角勾到縫隙邊了，指頭撥了幾下還是沒拉回來，讓他內心都快變成慘叫了。

好想就這樣衝出去，但是衣服會破……

閉上眼，玖深抖著微側過身，然後雙手過去解被夾住的衣服。

那瞬間，他聽見細細輕輕的笑聲，像是小孩在嬉戲似地笑著，然後小小冰涼的指頭放到他的手指上，接著輕輕地拉出了衣角。

玖深就這樣呆滯了三秒。

「哇啊啊啊啊啊啊——」

虞夏一踏出電梯，遠遠就聽見了小騷動。

「玖深怎麼了？」

越過幾個閒著沒事的人進到休息室，就看到玖深用紗布捂著頭蹲在地上，旁邊的阿柳正把醫藥箱往櫃子裡回推。

「把實驗室的玻璃撞破了。」沒好氣地斜了友人一眼，也不知道是發生什麼事，總之買完晚餐回來的阿柳正好趕上驚天動地的那一幕，還來不及制止，裡面的人就一頭撞在門上，加厚玻璃竟然被他撞出巨大的裂痕，然後血就這樣跟著噴出來了。「不知道爲什麼突然亂叫然後往外衝，就這樣直接撞玻璃門，還好只是小傷不用縫，我正要叫他去醫院檢查一下，看有沒有需要打破傷風。」

「……」虞夏看著一臉驚恐的玖深，決定先不把剛剛調過來的案子給他，「沒事就快滾回去！」

「我我我……」壓著傷口，還有點頭昏眼花的玖深抖了抖，「我住的地方沒人……」

「啥？」虞夏皺起眉，完全不知道他在講什麼。

「啊不……我、我先去醫院好了……阿柳其他的東西就拜託你了……」起碼醫院人還滿多的，不然今天晚上去住網咖好了說不定比較熱鬧。玖深如此想著，然後在虞夏凶狠的瞪視下拖著腳步哀傷地整理東西離開了。

他的人生到底怎麼了！

踏出局裡時外面整片天空都是黑的，瞄了眼時間，約七點多。

很好，路上行人還算不少。

玖深握緊背包，用力吸了口氣，往停車場走去。總之撞到玻璃之後就沒什麼怪事了，所以說不定其實那眞的是錯覺，就和阿柳講的一樣，可能最近壓力太大又加上熬夜才會出現幻聽，有時候極度壓抑不會發現自己有什麼問題，只會覺得有很多幻覺，他現在應該就是這樣子吧。

應該就是這樣沒錯！

手指什麼的絕對也是錯覺！當時裡面根本沒其他人！絕對不可能有那種不科學的事！

他們接過很多案子常有類似這樣的事，也有人會常碎碎唸和看見幻覺之類的，這些都不是什麼大問題，多休息或是找諮詢聊聊就好。

猛然止住腳步，正在做心理建設的玖深這才發現四周不知何時變得一片黑暗，和他印象中的停車場之路不一樣。

「咦……咦？」雖然他在想別的事情，但應該不至於走錯吧，天天都在走的路就算腦袋放空用下意識都可以到才對啊！

疑惑地左右看了一圈，玖深才發現自己好像眞的走錯、走到隔壁的巷子裡了，今天大概是路燈壞掉所以才會黑成這樣。他多少鬆了口氣，畢竟他怕的並不是黑，而是另一種東西。

不過他爲什麼會不知不覺走到巷子裡來？也不過是一小段路，通常要走到這邊也得花一點時間……

細微的腳步聲從他身後傳來。

玖深頓了一下，煞住腳步，後面的聲音也跟著消失，不用回頭他就可以感覺到某種視線在身後盯著他……不要又來了啊啊啊啊啊！

像是注意到他的察覺，停止的聲響再度響起，那道視線逐漸靠近。

玖深那瞬間腦袋整個空白，只想到應該拔腿往光亮處逃，但兩條腿好像灌了鉛不受控制，完全無法動彈，只能站在原地，像是獵物般等待狩獵者逐漸到來。

他感覺到後頭有人緩緩吐出冰冷的氣息，讓他全身發麻的是那個「人」只吐氣，沒有吸氣，細微的聲音源源不斷地拂過他耳後。

「不、不管是哪路、哪路不科學的好兄弟……我、我看不見……拜託不要找我……我我我我我我沒辦法……要去找可以幫你的……啊、不可以找阿因……」努力在心中狂唸已經忘到只剩幾個字的大悲咒心經往生咒什麼的，玖深抖著聲音說道：「記、記記記得是去找專、專業……不是找業餘的……」阿因最近也夠嗆了，千萬不要再去找他，讓他好好休息一陣子吧……

輕輕的笑聲從後頭傳來。

瞬間，玖深突然發現自己可以動彈了，他反射性沒命地往巷口狂奔，完全不去管身後到底是什麼狀況，當然也沒管前面有什麼狀況。

所以在衝出巷口之際，絲毫沒注意左右的玖深只聽見一道直逼自己而來的尖銳煞車聲，接著就被一股衝力推倒在一邊。

幸好對方煞車煞得快，所以玖深只有往旁邊摔一下。

然後他在剎那間只想到為什麼最近老是都差點被機車撞，次數多到都快可以和那些騎士湊桌打麻將了。

「喂喂，沒事吧！」顯然也被嚇一大跳的機車騎士馬上停好車衝過來，緊張地蹲下察看，「哇靠，大哥你流血了，我載你去醫院吧！」

玖深摸摸頭，才發現貼在頭上的紗布和透氣膠帶不見了，大概是拉到傷口又冒血，「沒事，這個不是撞到的。」讓對方拉著站起身，他拍拍褲子，仔細看清楚了騎士是個大學生模樣的男孩，和虞因平常的打扮還有點相似，腦袋上也頂著一頭棕髮，現在滿臉緊張，大概以爲自己肇事……不過不知道是不是自己的錯覺，他總覺得好像在哪裡看過這個人，莫名有點眼熟，「我剛剛就撞到了，和你沒關係。」

「呃，看起來也是。」大學生抓抓臉，仔細確認過傷口後才鬆了口氣，然後連忙從身上找出面紙壓在對方頭上幫他稍微止血，「嚇死我了，不過應該還是去包紮比較好，大哥要不要我載你去醫院？」

「沒關係，不用了。」玖深接手按著面紙，心有餘悸地往後轉，黑暗的巷子裡什麼都沒有，卻還是陰沉得像可以將外面的東西全部吞吃進去。不過已經來到大街上了，比較放心了些，反正要吃也有人一起被吃，好像也不寂寞就是，「啊，不過想請問你一下，這附近哪邊有熱鬧的網咖？」

「熱鬧的網咖？」大學生一臉疑惑。

「就……人很多，還滿吵鬧的，可以待整個晚上那種最好。」這輩子只有採證時才踏進過網咖幾次，玖深還眞不了解該怎麼去找自己想要的熱鬧網咖，不過還是有印象現在二十四小時營業的很多，想想青少年應該多少知道所以先問看看。

「附近很多家啊，最大、最熱鬧也配備最好的那家在兩條街外路口左轉就看得見了，他們樓上還有隔間可以睡喔，玩累了可以上去躺一下。」大學生頓了頓，「不過前兩個禮拜才死過人，雖然大家都不介意照打自己的啦。」

「……有別家嗎？」非常介意的玖深一秒就不想踏進那家。這樣說，他還眞想起來前不久曾聽過那一帶有人又打電動打到暴斃的事。

「有啊。」打量著眼前的青年半晌，大學生想了想，「大哥，你看起來不像是要去打電動的，難道你只是純粹不想回家嗎？」

「也可以這麼說。」因爲錯過問阿柳的機會，只能自己摸摸鼻子解決。但他超怕把不科學的東西一起帶回去，或者是回去又遇到，自己一個人碰到是很可怕的事情；到現在還搞不懂虞因究竟是怎麼習慣的，常常看不會精神崩潰嗎！

「那剛好，要不要跟我們一起去，剛好我朋友今晚不會來，多了安全帽。」

往大學生所指方向看去，玖深才發現不遠處開始出現幾輛機車，不管是騎士還是乘客都有著一些年齡差距，總之似乎從國中生到大學生、成人都有，有幾部機車還改裝過，引擎聲滿特別的，部分聽起來很像進口貨。接著那些機車朝他們按喇叭發出鼓譟催促了。

正想委婉拒絕，玖深突然聽見後頭傳來笑聲。

「我去！」

□

「那件墮胎案換到我們這邊嗎？」

整理著實驗室的物品，阿柳看著玻璃直搖頭，又得寫報告申請換置，估計要玖深自己賠錢了。

「嗯，我看了一下當初的報告覺得有點問題，申請之後就轉過來接手。」拿出手邊的資料遞給阿柳，虞夏嘖了聲：「我讓人去跑了趟，家屬表示房間還保持原狀，連封鎖線他們都要求不要拆，隨時可以過去。家屬還想知道死者的死因，所以說了不管需要什麼都可以開口。」雖然是轉件，但家屬意外地非常配合，也沒有衝著他們大罵什麼，就只希望能早日知道眞相。

「了解。」

「另外和家屬確認了女孩有個交往的對象，是班對，兩個都是資優生，男孩事發當天還在校，聯繫上了，但男方那邊的家長不願配合、甚至連電話都不肯講。那邊我會再想辦法，玖深回來之後你們再過去看看有沒有什麼新發現。」先大致交接了案子，虞夏自己明天也要騰空去跑一趟，「機車呢？」

「啊啊，你傳訊息回來之後我就去查了，我請林宇驥打工地方的人幫忙確認，當初發現的無牌車的確是他的沒錯，但是打工那邊的人表示車子是有牌的。出示照片後我循線回查，發現機車登記在母親名下，引擎編號也和我解析出來的完全符合，車體上的痕跡和相片上的磨損痕符合，那部機車就是林宇驥使用的，血跡已在比對中。」因為有目標物，找起來容易許多，現在等檢驗結果出來，就可以完全確定第一現場。

不過說也奇怪，阿柳也藉這個機會問了最初接手的小組為什麼會轉件，明明就是查編號這種容易的事，結果對方回答說不曉得為什麼，遲遲分析不出來，或是每次要分析時一定會發生錯誤，明明很簡單的事卻變得很棘手複雜。後來研究室因為很忙，也有個學妹說這邊應該可以接手，就轉過來了。

聽完之後，阿柳決定不把這段插曲告訴剛剛撞玻璃的傢伙，以免他又去撞第二面。雖然不像阿因可以看到點什麼，但最近他們周遭的事實在有點蹊蹺，就連阿柳都覺得怪怪的。自從蘇彰出現後，各種怪事接連而來，也不知道是什麼原因，他隱隱約約感覺到他們這些人正遭受某種看不見事物的波及。

「嗯……」虞夏沉默了半晌，在心中稍微排排明天的時間行程，點點頭，「謝了。」

「欸，不是我要說，你們這邊發生命案了嗎？」打斷室內兩人的思考，一抬頭就看到不知哪時候冒出來的嚴司，嘖嘖有聲地打量門上的裂痕，「血跡在裡面，殺人狂闖進來大屠殺嗎？」

「別問了。」阿柳沒好氣地回道。

「這樣反而讓人更想問啊，算了，先來點正經的吧，甜點就是要放在最後才會讓人期待啊。」而且看樣子，被期待的「甜點」八成也離開了。看了看室內的狀況，嚴司多少可以猜到發生了什麼事，尤其這間實驗室還是某人在用的，「我必須要說，你們這次的死者真是不亞於上次那個的慘。」

「多慘？」

「他是被踹死的。」抽出手邊的初步報告，嚴司遞給對方，「過度殺人。所以老大你要揍小伍時還是要留點手，不然哪天巴死他就糟糕了。」

冷瞪了現在比較想揍的傢伙一眼，虞夏翻了報告，因爲找到那塊肚皮，反而方便很多。

「他的肚皮重創程度讓我覺得，你們應該會找到跟泥巴差不多的內臟吧——如果找得到的話。這倒楣鬼被狠踹超多腳的，肋骨差不多都斷了，我還可以告訴你有哪根刺進內臟裡、順序如何；肚皮上勉強可以拼個鞋印來，晚一點會送過來這邊。三乾大概做了什麼把凶手惹毛的事，以至於讓對方踹死他，這不是預謀殺人，是過度，也表示凶手那時抓狂到不行。」嚴司環起手，頓了頓，「這樣看來，補刀的反而是協助犯了。另外，當場動手圍毆的人恐怕不在少數，他身上被揍的痕跡證明最少有五人以上，我們還在分析各自屬於那些人，慣用手和對方的性別、體型等等……如果我家新進的小幫手可以撐著不要睜著眼睛睡著，應該可以再趕一下。」

「又是團體嗎。」湊在一旁看報告的阿柳抓抓頭，「眞是奇怪……不過身後的刀痕說不定可以解釋他們在試刀而不是掩飾，似乎帶有某種試探性意圖。」另外，屍體出現得那麼奇怪這件事也都還不知道原因，他到現在還不曉得該怎麼解釋屍體可以穿過土層上到廟宇去，還那麼剛好砸在他家同僚身上，實在太過巧合了。

「然後這是卡在三乾喉嚨裡的東西，被血水和屍水浸染還結塊得很嚴重，你們自己加油。」嚴司拿出證物，笑咪咪地將燙手山芋丟給阿柳表示接力，「那我可以去找玖深小弟玩嗎？」這狀況最好玩了！

「不可以。」抓住正要往外跑的某法醫領子，虞夏一邊發出簡訊，提醒某正在休假中的人幫忙克制一下在這邊搗蛋的傢伙，「夠忙了，不要害我缺人手。」再給他這樣鬧下去，他家鑑識搞不好下次眞的就會從窗戶跳出去。

「嘖。」眞是太可惜了。

虞夏大致上看完報告後，把資料還給對方，「差不多先這樣，你們兩個告一段落就快點下班回去休息吧，阿司不要再虐待你家的小幫手，先放他一條生路，休息完再繼續，不然會把人嚇跑。」

「嚇跑就表示他不適合這份工作囉……對了，你們那個小妹妹有要一起過來嗎？」也收到相關訊息，在回去前嚴司順口問了，「不是聽說已經領回去了，再送過來家屬沒問題嗎？」有時候，重新要求檢驗會對家屬造成二度傷害，得先確定一下才行。

「協調好了，家屬明早會過來簽同意書。」也拿到這方面的同意，虞夏說道：「那邊就麻煩你，但是不要和家屬說有的沒有的。」

「放心，大哥哥該閉嘴的時候，嘴巴是很緊的。」

「最好是。」

□

從阿柳那邊離開後，虞夏接到了小伍的電話，表示林宇驥的父母會過來認屍。

思考了下，他就要對方請家屬盡量低調、配合先不要讓死者眞正身分曝光，因爲現在凶手可能超乎他們的預估，曝光後也許會警戒或逃走，造成之後追查不易。另外就讓小伍儘可能地去調監視器和通聯記錄，雖然時間已經過很久，但希望多少可以找到點什麼。

接著他撥了通電話給里長的兒子。

他拿到的資訊是對方是大學生、現在正在南部就讀，和林宇驥同年；電話聯絡上後聽見的是與老里長有些相似的口音。

說明來意後，大學生馬上關掉背景超大聲的搖滾音樂。

「你說宇驥死了？」自報身分的大學生叫作宋鷗，從電話那端傳來極度錯愕的問句：「哪裡？爲什麼？其他人怎麼講？」

「其他人？我們目前僅發現林宇驥的屍體，可以請您稍微描述一下他的狀況嗎？」對方接連的詢問讓虞夏知道他一定和死者有某種程度的熟悉，很有可能比老里長知道的還要熟。

「宇驥在照顧車隊啊，我在台中時也常常跟車……不是飆車族，只是去一些地方看夜景、吃吃喝喝什麼的，有時候也會和女孩子聯誼，人多有伴也比較安全。」頓了頓，宋鷗沉默了幾秒，「我爸有告訴過你宇驥家裡的事情嗎？」

「大致說了些。」

「那你知道他弟溺死對吧，那件事讓他全家變得很分散，他從小就一直看著父母自暴自棄，一天到晚都聽著父母在哭、在喝酒，就算他拿到第一名也得不到稱讚，因爲媽媽一定會掉眼淚，爸爸就在廚房怨嘆自己當時沒救到小的，不然現在在學校一定也會拿到獎狀……之後他就不再讀書了。」

「有時候，林宇驥會說爲什麼死的不是他，他覺得全家這樣很痛苦，每次父母哭他就會夢到弟弟在他身邊溺水的那天，他一直告訴父母會讓他們過得更好，保證一定要更好，但是家裡從來沒好好聽他講過。」宋鷗笑了聲，聽起來有點難過，「我們國中畢業時，宇驥拿了一箱啤酒來我家灌到把這些全都講出來，結果第二天我爸回來發現我們喝了一堆酒，還把我打一頓。」

「這些年他在帶車隊，幾乎把車隊當自己的家，對那些常去的也像家人一樣都很照顧，所以你別看他年紀輕輕，他比車隊裡很多人都成熟。」

「……我明白了。」虞夏大致可以推測出來死者是怎樣的人。就像以前的彩券案一樣，這類的人會死，幾乎都不是爲了自己。

陳永皓是爲了家人，林宇驥是爲了什麼？

「對了，你別覺得他父母不好，宇驥一直說不要怪他父母，他一直說總有一天他會找到辦法，讓他父母眞的笑出來、不會再哭……那個不肖子啊，承諾這種事情結果做不到了。等我翹辮子那天，就去賞他一巴掌。」

大致上再問了些問題，宋鷗對於車隊裡的事情三緘其口，不太願意告訴虞夏內部運作和其他重要人士，可能是擔心被抄，就都推說不清楚現在狀況，套也套不太出來，爲了避免對方心生防備不肯合作，他也就此打住。

掛掉通話後，虞夏正打算去找他哥那邊的小隊拿上次飆車族的資料時，就看見聿從走廊底端冒出來，身上還掛著大背包。

猛然想起虞佟有講過會讓聿送換洗衣物，他就趕快迎上前去了。

將人帶回辦公室後，聿打開了大背包。

「衣服。」拿出上面一層的袋裝衣物，聿繼續向下翻，再拿出了三層保溫鍋，和一個裝湯用的保溫瓶，「飯，要吃。」

聲音很小，不過虞夏的確有聽見，「你自己來的？」

聿點點頭，拿出搭公車用的卡片。

「阿因呢？」通常這事應該是虞因該做的吧，怎麼放小的自己晚上在外面亂跑。虞夏皺起眉。

「學校，畢展。」稍早虞因有打電話回來道歉，說是廠商約好中午會來交貨的，結果出狀況，延成八點過後才能到，所以他們整組都在那邊等。因為虞佟飯也煮好了，聿就趁熱趕快帶過來，才不會等太久。

打開保溫鍋，第一層就看到一大塊光潤剔透的東坡肉，應該是玖深他媽媽送的山豬肉，那白痴太早回去了，不然叫他自己吃掉剛好。

「我晚點會吃。」

正要蓋上蓋子，聿突然阻止了虞夏的動作，接著拿出隨身本子，翻到某一頁轉過來給他看，上面有熟悉的字體，直接就寫著「不要晚點吃，小聿到馬上吃掉，我請小聿監督你，吃飽飯盒給小聿帶回家」。

「……」深深覺得他哥不會在後面監視吧，往後看了眼，虞夏只好坐下，開始吃晚飯。

坐在對面，聿從背包裡再拿出個保冷袋，一打開就是一大碗手作布丁。

「阿因最近情緒正常一點了嗎？」看對方在那邊挖布丁，虞夏隨口問道。他最近太忙了，沒自己壓著問還是有點不踏實。

聿點點頭，偏頭想了下，寫在本子上，「他說他有在反省自己態度的問題，給他一點時間。」

「這陣子你就多盯著他點吧，辛苦了。」自家小孩搞到全世界都在擔心，虞夏還眞想把人吊起來打一頓。

聿搖搖頭，表示不辛苦，然後露出了思考的表情。

「怎麼了？」看他好像想講什麼，但又貌似有點掙扎，虞夏疑惑了起來。

想了半晌，聿還是搖頭。

這狀況只能等對方自己想講再說了。虞夏也沒追問，繼續吃晚餐，順便翻手邊的資料夾。那是同僚剛轉過來的墮胎案死者周邊調查，訪談了幾名要好的同學，都說沒發現死者有異樣，只覺得她最近好像稍微有點胖了，女生推說是吃太多甜食才這樣。

檢驗過遺體，被墮掉的小孩也有四個月大了。

相較於同學，交往的小男生完全低調不說話，不知道是打擊太大或怎樣，只告訴承辦人員他沒想到會變成這樣，不過在記錄上被當時負責的員警附註了男方似乎有所隱瞞，接著要再問就被家長強硬拒絕了。

雖然表面上看起來是再普通不過的案子，但隱約有些異常。

這些，就留待後續處理吧，眞相總會出現的。

□

「小聿。」

一踏出警局，聿就看見摩托車正好在他面前煞住，「抱歉抱歉，應該沒有等很久吧？」

看著苦笑著狂道歉的虞因，他搖搖頭，接過了安全帽。

「結果那個廠商到了之後，說他們原本出貨那位運將下午不知怎麼回事，整個人倒栽蔥摔進溝裡，幸虧裡面沒水，被發現時只有輕傷，還好沒事。」等著對方準備上車，虞因隨口聊了下，「不過來的東西成色眞漂亮，不愧是我們專程去找的，改天帶回來給你看。」

聿點點頭，爬上後座。

正要離開之際，虞因突然感覺到某種視線……似乎有什麼人在看他們。

對街暗巷中，有某種東西。

但並沒有出現。

「奇怪了……」過路的？

想想八成也沒什麼特別的事，一收回視線、在沒有心理準備下，正前方赫然出現一張死白臉孔，把虞因嚇了一大跳，還沒反應過來那玩意就已經消失了。

後面的車拽了他衣角，也發現不對勁。

總覺得剛剛那張臉有點眼熟，但想了想，虞因也想不起來在哪裡見過，「先回去吧。」

按照慣例，死不瞑目又急欲申冤的自己會再上門。

要調頭時，突然幾部機車呼嘯而過，沒多久，有台面熟的突然就轉回來。

「哇靠，阿因你不是直接回家喔？來找你爸？」因爲有認識的人，阿關也不客氣直接停在警局門邊，「你剛剛不是一直說要回家睡覺嗎！」

「……現在騎車要出去玩的人沒資格講我，下午在那邊說要回家補眠的人又是誰。」冷眼看著應該補眠現在卻跟車的傢伙，虞因決定明天向同組的李臨玥告狀。因爲今天下午眼前這渾蛋一直在嚎有的沒有的，然後李臨玥就罵回去說她也取消很多約會，要死大家一起埋，她沒走就不准有人走。

「咳……就休閒完再回去睡嘛。」阿關抓抓臉，打哈哈地笑了下，「你要來嗎？今天走望高寮，山上看夜景。」

「今天不行。」虞因回絕，「我要回去睡覺。」往後看，阿關看到後座正在瞪他的乘客，「了解，你現在都不出來，最近有幾個妹妹在問喔，等比較有時間再來露個臉吧，不會要你幫忙攤錢了啦。」

「你講話的可信度還沒鬼高，有空再說啦。」相信阿關不如相信鬼，虞因深深這樣覺得，「不過你自己還是小心點。」

「放心啦，我朋友說這支車隊很穩，雖然我也是第一次去。」稍微把龍頭往朋友那邊靠近些，阿關壓低聲音，「對了，李臨玥介紹給你那個女孩子……」

「根本沒有聯絡啊，現在忙畢展就忙到快死了。」那個李臨玥還一直慫恿他去約人出來喝茶，虞因根本沒時間分心想這些。

「不然春假時大家一起約出去玩，反正都已經沒多少時間可以像這樣和同學出去了，如何？」

「那時候再說吧，你去玩你的吧。」虞因揮揮手，打發這傢伙。

「約好了喔，到時候不要不認帳。」

「誰跟你約好！」

看著遠去的摩托車，虞因沒好氣地搖頭，真不知道那渾蛋畢業之後要怎麼辦。

發動車輛要回家時，他再度瞥到巷子裡似乎有什麼，那東西輕輕往後退了一步，就這樣消失身影。

這世界有時候真的很沒道理，看得越多，越有這種感覺。

總在下個轉角，有人已經回不了原本的地方。

嘆了口氣，虞因催動油門，離開這裡。

5

翌日。

「你昨晚跑去哪裡啊！」

早上回家睡過覺之後，玖深中午踏進工作室時，迎面丟來的就是這句話。

上午就回來趕件的阿柳環著手，站在裡面皺眉看著友人，「我要回去時看到你的車還在停車場，打好幾次手機又都不通，害我還以爲出了什麼事，拜託巡查員警幫忙多留意一下路上狀況。」

「咦？手機？」玖深連忙翻出自己的手機，但上面一通來電也沒有，他明明整個晚上都開著，還和那個大學生交換了電話，「阿柳你昨晚有找我？」

「是啊，我打很多通電話耶。」拿出自己的手機，上面起碼有十來通撥出記錄，擔心大半晚的阿柳有點不太高興，語氣也不算好，「我差點去跟老大報案，還問了幾家認識的醫院有沒有收到什麼急診。」

「我昨晚和新認識的朋友去看夜景啦，奇怪了，怎麼會沒有收到來電……」眞的沒有任何來電記錄，玖深也不知道是什麼問題，想著等等去檢查一下；於是收起手機後，便一臉抱歉地先向同僚道歉，「昨天我出去之後被朋友載去看夜景，所以很晚才回家……剛剛是搭公車來的。」

昨晚那個大學生、後來玖深知道他叫作袁政廷。對方邀約後，玖深就被載著去望高寮看夜景，後來又轉去不知道哪座山上看日出，也不知道是不是約好的，途中又多了不少人，浩浩蕩蕩的車陣還滿驚人的，大多數人都有說有笑，氣氛還不錯；而且他也看到好幾個和自己差不多年紀的人，有些還帶宵夜茶水來，被拉著到處跑的玖深也分到了不少吃食，後來他就幫當了一整晚司機的大學生出加油錢和早餐錢，對方還好心地送他回家，順便交換手機說今晚他們也會去逛，如果想去可以和他聯繫。

玖深以前沒有參加過這種多人集會活動，覺得滿新鮮的，而且遇到的人都很好，難怪之前虞因常常跑出去夜遊，還滿有趣的。

「夜遊？」阿柳有點疑惑。

「嗯啊，算是有意思。」其實今天晚上也有點想去的玖深還在考慮要不要打電話，袁政廷說凌晨一點之前都可以打，那時候他還會在他家附近，可以順路去接人。

阿柳搖搖頭，多少感到有點奇怪，「不管有沒有意思，你小心點不要被賣掉就好。」雖然外表看起來是成人，平常對外談吐也頗成熟的，但認識久了就會知道他腦內空空而且很容易上當，希望不會被有心人拐騙或做壞事，現在的社會實在是不怎麼安全。

「賣掉啥？」玖深歪著頭，有點不解，「他們看起來不像詐騙集團啊？」一開始他還以爲是飆車族，但實際上跟了一整晚發現不像，就是一大群人到處看夜景，沒有其他的狀況。

阿柳無言，只好憐憫地看著同僚，「總之，沒事就好，你自己小心安全，不要被秤斤賣光了。」

「並不會，完全不會好嗎！」

「反正小心點吧。」結束了這個話題，阿柳調出檔案，「我先和你講一下兩件案子的進度，你有看到我發給你的郵件了嗎？」

「有，看過了。」起床之後看到簡短的郵件，玖深知道虞夏把墮胎案轉過來了，有點感動，沒想到對方這麼爽快直接轉來，畢竟麻煩到的還是虞夏，只能、只能誠心誠意地感謝他了。

「上午我們簡短詢問過來局裡的父母，除了一些日常瑣碎的事情之外，兩人也提供了女孩有固定在聽電台的線索，只知道女孩有時會點歌，死亡當天也正播放著。我們向電台要了那天的節目錄音來做解析，幫你備份了在電腦裡，你有空可以聽看看。」

「好，謝謝阿柳。」

接著他們大概談了下所有進度，簽收了相關物件後，玖深就開始整理工具箱。已經和家屬談好要過去重新彙整現場資訊，所以不可以讓人家等太久。

「你今天早上有睡好嗎？」在一旁盯了一會兒，阿柳嘖了聲，「臉色看起來還是很差。」

「有睡覺……然後作惡夢。」根本不知道神明到底是不是在玩他，護身符不給就算了，他竟然又夢到前天晚上的夢，冰冷的地底和泥土，不過昨晚比較好一些，起碼感覺到自己可以掙扎，努力地從土底伸出手，被另一隻手給握住。

他差不多就是這時候被嚇醒的。

因爲那隻手實在太過冰冷，僵硬的五指與凹凸不平的指甲異常眞實，驚醒之後他甚至還可以在自己手腕上看見若隱若現的奇怪痕跡，但很快又消失，搞得他都不知道是不是自己嚇太大的錯覺。

玖深按了按額頭，決定不要再去思考那些事情，先把注意力放在工作上比較好。

「……如果你眞的不敢一個人待在家裡，就去我家睡吧。」完全看得出同僚現在精采的表情變化是爲了哪樁，阿柳只好有點同情地說道：「嫌人少也可以找我乾兒子來住幾晚，小孩子喜歡熱鬧，大概也會吵得你睡不著。」

「阿柳你眞是好人。」本來也想今天提這件事的，玖深一整個很感動，對方主動似乎就比較不會那麼沒面子，不然他在局裡眞的會變成「被屍體嚇昏還撞破玻璃，然後不敢自己一個人睡、跪求同事家借睡」的笑話了。

……搞不好已經變成這樣了。

玖深有點無語問蒼天。

他平常，都有好好做人的……

「小事情，快去工作吧。」

□

離開局裡，到達女孩子的住家時，第一印象就是非常普通。

就像大多數人家一樣，坐落在一處正常小康家庭能負擔的平價住宅區裡，大約二十多坪的建地，或許還揹負著貸款，周邊都是連棟的住戶。

女孩的名字叫孫卉盈，父母看起來都是很正經安分的人家，打開門後安安靜靜地讓他們進去，母親還倒了茶給其他員警喝。

一開始閱讀資料時，玖深就知道女孩是家裡的獨生女，所以從小教養得很好，父親幫他打開房間時，的確也讓人如此感覺。

封鎖線內，是整理得乾乾淨淨的房間與放置整齊的物品，房間裡是米白色系配置，書與小擺飾也都很妥當地放在位置上。

「您請自便。」領著他進二樓房間的父親這樣說著：「有問題再告訴我們。」

道過謝、父親離開後，玖深就拿出第一時間拍的相片，一邊對照著房間，一邊開始進行新一次搜查。

就像家屬說的，比對了下他很快就發現房間真的完全沒被動過，除了當天救護人員踩踏碰撞過現場的痕跡，與當時的蒐證取走物品和採樣之外，房間就像被凍結在事發當時，絲毫無損。

玖深看過許多家屬會在事後留滯在孩子房間，或是觸碰、整理物品，或是待在裡面垂淚，多多少少都會變動房內的擺設，但這裡卻完全沒有那種痕跡。

家屬的確還在等待眞相。

他留意到門口的墊子已經被踩踏得很嚴重，他們只站在門口，忍著所有的情緒，期待著警方會再回來，或是帶來些什麼消息。

他們在等待眞相到來的那一天得到一個結束，然後才會進來。

一思及這種心情，玖深不免嘆了口氣。

準備好必須手續後，他四下看了看，看見了矮櫃上的收音機，大概就是阿柳說對方用來聽廣播的物品。

隨手打開了收音機，傳出的是很溫柔好聽的女性聲音——

……一點十三分，這是聽眾小綿羊的點播，DJ桑琪亞也很喜歡這首歌喔，現在大家都好嗎？希望每個人都可以過得很好。

可能是收訊有點干擾，傳來了沙沙幾聲跳訊後，便開始順利播放音樂了。

正好也是自己喜歡的音樂，玖深吐吐舌，有點半偷懶地就讓音樂放著，然後察看周圍物品。

女孩死亡時的血跡還留在地毯上，唯中間被割取一塊當作樣本，當時她就坐在床鋪邊，姿勢像是在聽著矮櫃上的電台節目。父親發現時，女孩睜著無神的眼睛，大量失血早已經奪走她的生命，救護人員到達時身軀冰冷、沒有呼吸心跳，送院後宣告死亡。

那時她穿著單一件白色連身洋裝，筆與便條散落在身邊，手中握著項鍊，這些物品全都被帶回去，只是後來衣服部分遺失了。

矮櫃上擺著相框與全家福，書桌與書櫃上也有，相片中女孩的打扮都很相似，大多都是洋裝和一件小外套，氣質清純非常適合這種打扮；每張相片都是與父母緊緊靠在一起露出笑容，完全看得出來家人間相處非常融洽。

很快地，就在書桌邊找到兩張和另外一個男孩子的合照，看起來也是個乾乾淨淨的小男生，兩人都有著一樣單純的笑臉。

……ＤＪ桑琪亞也很喜歡這首歌喔，現在大家都好嗎？

廣播依舊傳來同樣的聲音。

看著桌上的照片，玖深覺得有些可惜，明明都是擁有大好青春和未來的孩子，為什麼會有些人無法順利長大、快樂地過完一生呢？

根據女孩父母供稱，他們完全不曉得女孩懷孕的事，虞夏稍早詢問時，兩人都沉重地表示即使知道，除了必要性的教訓之外，不會這樣逼迫女孩非法墮胎，而是與她好好談過，再採取後續動作……雖然大概也還是會流掉。

孩子們還太過年輕，不到可以負擔這些事情的年紀。

但是也不應該因爲這些錯誤而賠上性命。

滴答。

細小熟悉的聲音打斷了玖深的工作與思考。

他愣了幾秒，瞬間突然發現收音機竟仍播放著一模一樣的音樂……他明明已經在房間裡待了很久，還採集了不少樣本，照理來說應該不可能播著同一首歌啊？

午夜一點十三分，這是聽眾小綿羊的點播，ＤＪ桑琪亞也很喜歡這首歌喔——

這次他總算聽清楚廣播了。

但玖深也整個炸開了，因爲他突然看見收音機的插頭從頭到尾都是拔下的，原始相片報告上也記錄了救護人員一度撞掉過、又撿回放置的字樣。

接著，他的手機響了。

手機裡，傳來近乎一樣的聲音——

午夜一點十三分，這是聽眾小綿羊的點播——

「哇啊啊啊！」

他跳起來，一轉頭正要衝出房間時，原本敞開的房門砰地聲當著他的面搧上，再快個半秒肯定會直接砸在他臉上。

但這樣並沒有比較安慰！

「救命啊！」用力拍打著房門，玖深驚恐地大喊。

下一秒，門板另外一邊也傳來了好幾聲拍打聲響，還有某種哇啊哇啊的細小叫嚷聲。

被嚇到差點忘記呼吸，他往後跳開好幾步，眼前有點發黑，而且胸口也很悶，用力地吸了好幾口氣，他左右看著，不知道應該從哪邊逃出去。

那瞬間，房裡突然暗了一下。

短短須臾間，他似乎感覺到了有「什麼」坐在床鋪邊，視線直勾勾地對著他看。

腦袋整個空白到不行，然後今天再度體會到自己在緊急時刻時，那些金剛咒、大悲咒根本都記不太住啊啊啊啊！到底是誰記得住！他連元素表都忘光了啊！

雖然很不想看，但幾乎是職業本能，玖深還是瞄到床鋪邊有個很淡很淡的影子，就一團在那裡一動也不動地不曉得在幹什麼，但刺人的視線直直固定在他身上，讓人一陣緊繃，全身雞皮疙瘩都站了起來。

「放我出去！」

就在眞的想從窗戶跳出去時，房門突然嘎地聲又甩開。

玖深根本來不及思考就直接衝出去，完全沒考慮要注意什麼只一直跑，接著整個人踏空，往下摔落時才意識自己踏出了樓梯，要抓住什麼穩住身體已來不及，就這樣摔了出去。

覺得這次八成完蛋加完蛋時，隱約好像有涼涼的東西拉住自己，最後並沒有如他意料中摔個頭破血流，而是輕輕地掉落在樓梯底部。

玖深從震驚中回過神時，發現自己已經趴在一樓樓梯口，聽見聲響的家屬和員警也正好跑過來，幾個人七手八腳地幫忙將他從地上拉起來，連忙問著有沒有哪裡受傷。

驚恐地看著二樓，玖深沒有回答周遭關心的話語。

雖然他真的什麼都看不見、也不知道究竟有什麼東西，但他的確感覺到了，就在二樓的那個地方。

有人正在看著他們。

□

虞因接到電話大概是傍晚五點多左右。

那時他正好和李臨玥他們在處理昨天送到的材料，打來的人是阿柳，這還滿罕見的，阿柳大哥很少打電話給他，而且還約在外面的咖啡座、不是警局內。

向小組同學們打過招呼後，他便提早離開學校。

停好車進到店家，遠遠就看見玖深窩在角落位子，一臉恍惚。

「玖深哥你怎麼了？」順便在櫃台點了點心和飲料，虞因就直接靠近那個座位了。

靠近時他才發現玖深對面的空座位上躺了支手機，還用夾鏈袋包得緊緊的，上面有好幾圈膠帶。

「咦？咦？阿因你怎麼在這裡？」玖深愣了一下，看著不知道為什麼冒出來的大學生，有點疑惑。他在死者家摔了個大跤嚇到人之後，回來說了這事情，阿柳就把他趕出來，叫他先來這邊坐一坐，冷靜完再看要回去工作或早退。

「路過。」看對方樣子有點慘，虞因大致上有點明白為什麼阿柳要打電話找他，這兩天好像也有收到嚴司八卦電台的簡訊，說眼前的友人又神經過敏在哀哀叫還受傷之類的，「玖深哥你在這邊做什麼？」

「我、我在懺悔，看看是不是自己有那裡做得不好……」看著坐在對面的手機，玖深按著額頭思考著這樣曝曬在人多陽氣比較盛的地方不知道會不會好一點。

「……玖深哥你沒事吧？」拿起手機，虞因一屁股坐在那個位子上，看著他的動作，對面的友人眼睛跟著瞪大，活像手機會咬人一樣。

「沒、沒事，只是不科學的東西有點可怕，還有它被你拎在手上。」

「這是空機吧？」也沒覺得手機哪裡有異狀，虞因隨口問了下。

「對，我把卡抽出來了，剛剛去附近買了空機來換。」如果眞的有必要，玖深原本打算一路送到焚化廠，直接送它上路……雖然這支手機他用了很久有點捨不得。

聽著對方語無倫次的話，當然也知道他怕阿飄怕得要命，虞因只好認眞地環顧了下四周，「這裡啥也沒有啦，玖深哥你可以安心。」看他的樣子實在有點可憐，於是就再過濾過濾，依舊什麼也沒看見。

抹了把臉，覺得自己根本不可能安心，但是玖深還是強迫自己打起精神，「……放、放心，我沒事，不用擔心我。」其實虞因出現時，他多多少少猜到八成是被阿柳叫來的，因爲先前曾聽說眼前的大學生最近都認眞在準備畢展，不太可能路過這裡，尤其自己的位子還滿裡面的，不特地進來找人是不會發現他在這邊。「說起來，你最近如何？」

虞因苦笑了下，「也就那樣子。」

「嗯……我想佟應該也和你講過了，雖然我現在的狀況好像也沒有什麼立場這樣說。」玖深抓抓脖子，呼了口氣，然後認眞地看著大男孩，「有時候，很多事情不是勉強自己就可以完成的，而且也不一定非你不可，並不是全部的事情都是你的責任。」

「……」

「也不是都老大的責任，也不是都黎檢的、阿司的，當然也不全然都是我的。」接過服務生端來的盤子，玖深說道：「我們並不用全盤接受然後衝第一個，我們該做的是自己的那部分，所以我們的職務才會都不一樣。」

「大爸也說過一樣的話，小聿應該也是這個意思，但是我覺得越來越搞不清楚了。」看著自己的手，虞因覺得有點茫然，「最近越來越覺得自己做得太少了，我想要做更多……如果多努力一點，說不定很多事情就不會是那樣子……而且它們能找的也只有我，可是越做就越有無力感，不論如何都少了點什麼……」

隨著遇到的事情增多，他每天晚上睡前都不斷想起那些沒有幫助到的人。

在車裡的那個女孩，到最後已經放棄活人的管道；葉翼到現在還躺在床上，沒有恢復意識，那是他錯過沒有握緊的機會。還有過去發生過的很多事，一開始思考，就發現自己有種深深的無力，想要做更多，讓自己不再那麼懊悔，可以的話，想要握住各式各樣的可能性、幫助他們，不要再讓自己選擇錯。

看得見的只有他。

他卻無法滿足那些人的冀求。

「我的第一個案子，死者只有八歲。」

打斷虞因的思考，玖深淡淡笑了下，想起幾年前的事：「接獲通報時，棄屍現場因第一時間產生的各種因素、像是人群踩踏什麼的，整個被破壞得很嚴重。地點是在一間廢棄工寮外的池塘，一名女童放學後失蹤，鄉下發動了全村的人一起找，一週後才偶然發現在工寮旁的池塘裡浮出來，已經半爛的遺體在驗屍後研判遭到性侵，死因是溺斃，從屍體的狀況來看，她在失蹤當天就被殺死了。」

「凶手非常謹慎狡猾，現場幾乎沒留下任何跡證。遺體被處理得很乾淨；女孩隨身物品全都不見了，村內的垃圾場找不到相關物品，往外擴大搜尋也全都落空……甚至根本沒有人看見女孩是怎麼離開每天放學路線被拐走的。鄉下地方大概也沒想到會發生這種事，每個人都認爲周遭都是熟識的人，每天早晚見面都會互相打招呼，去別人家串門子是很正常的事，完全沒有戒心。」

「學長們努力採集了任何可能的線索，但沒有一個可以使用，當時最有可能派得上用場的足跡也全部被村民和警察給踩壞，我們到的時候已經一片凌亂，光是一一比對和排除就花掉我們很多很多的時間，每個人都對自己發誓一定要破這件案子。」

「最後我們終於找到半枚可疑的鞋印，卻無法使用在定案上，就讓那個人跑了。」

「到現在我都還記得當時的嫌犯被釋放時，露出的那種笑容。那時候我也覺得很挫折、很無力，自己應該要多做點什麼才行，不然肯定是我們的錯。」

看著對方，虞因安靜地聽著。

「後來因爲某些案子、第一次跟老大合作時，他發現我工作的狀況，把我罵了一頓。」

玖深抬起頭說道：「我們對工作有責任，所以必須把自己負責的部分做到好，這是應該的。

但是，不論結果是好是壞，最根本造成這種事情的並不是我們，而是那些壞人的錯，我們已經努力了，雖然會難過，但不是把自己賠進去才叫對，你懂嗎？」

「嗯……」虞因點點頭，將話記在心裡，「那個犯人後來抓住了嗎？」

「沒有，事實上，唯一的嫌犯是民代的兒子，有性騷擾兒童的前科，我們比對出來的半枚鞋印也符合他放置在家中的鞋子。案發之前，民代常施用各種手段把那些騷擾事情壓下，一些家長紛紛改變說詞，就是不敢得罪他們。」摸著冒出水珠的玻璃杯，玖深嘆了口氣：「被放出來一個星期後，就被發現陳屍在魚池裡，現場因大量人群圍觀所以完全破壞了，所有村民沒人願意出來作證或提供情報，就連村長都推說路口監視器損壞，連一支畫面都沒有，這件事最後不了了之。」

那時候，他也很無力。

他們無力到讓一般人動手做這些錯誤的事情，而且還是在不能確定罪證的最糟狀況下，甚至很可能被殺的並不是凶手，可是憤怒已經讓那些人不在乎這些，他們要將無法得到的公平正義發洩在唯一的目標上，不在意對錯。

最終，他們已經盡力了，而且必須再往前走。

這件案子目前仍是懸案，兩方面都是。

「……我會盡快調適好自己的想法，謝謝玖深哥。」本來是被叫來幫忙的，不過虞因現在覺得被幫的好像是自己，沒想到自己糾結的問題這麼多人都在關心，默默有點不好意思。

「不用客氣啊，很多事你應該好好跟佟、老大和小聿聊，就算他們看、看不到不科學……我想多講幾次當作發洩也無所謂吧，不要和我講就好……不科學的麻煩有多遠離多遠……」雖然玖深很樂意幫忙，但是不科學的東西他是打死都不可能接收的。

「我知道啦。」說到這個，虞因再度看了下周圍，還是沒看到什麼奇怪之處，「玖深哥，如果你真的很怕，要不要我的護身符先給你用啊？應該還滿有效的，滕大哥他們那邊也可以再要一個。」

「呃，不用了，你帶著吧，阿因你的機率比我高，你顧好自己就好……而且神明叫我不能帶。」

「嗄？神明？」虞因整個愣住。

「嗯……不然會變成冤孽……」他到現在還搞不清楚到底要幹嘛，神明真的好難懂！

「冤孽又是什麼東西？」突然覺得好像有點什麼超展開，虞因一頭霧水。

「等我知道再告訴你……」

虞因環著手思考了幾秒，決定問看看自己猜測很久的事情，「玖深哥，我以前就想說了……你該不會是那種體質很敏感的人吧？」雖然看不見，但是有些人就是可以感覺到異狀。他從認識眼前的人開始，就覺得他驚嚇的反應很不尋常，實在有點怪。

「不！絕對不是！不可能是！我才不是啊啊啊——」玖深哀號。

「冷靜一點，不是就不是，玖深哥不要激動。」瞄到服務人員都在瞪他們這桌了，虞因連忙抓住又開始爆炸的人。

用力深呼吸幾次，玖深慢慢冷靜下來，然後緊緊握著友人的手腕：「阿因，我臉上應該沒寫著不科學的敏感體質吧？」

「……這種事情看不出來吧。」就像他臉上也沒寫著跳針眼啊。虞因有時候覺得某鑑識神經斷掉後，會比較難溝通。

不過如果真的是這種體質，那就太慘了。

「不不，我想絕對不是，我的八字也沒有很輕，所以大概是哪裡有誤會……應該就是錯覺了，肯定是工作和作息不正常，太過勞累才常常有幻覺，根除的辦法就是排班排正常的，以後不要加班了，每天都要睡足六小時還要三餐正常吃，要吃有原型的飯菜食物……」

啊，開始逃避現實了。

虞因只能陪笑了。

從咖啡店出來時，天空有點飄小雨。

「玖深哥這給你用，早上出門時小聿塞在我背包裡的。」把折疊傘遞給對方，自己摩托車有準備雨衣所以無所謂，虞因看了下黑色的天空，「如果真的狀況不對，看要不要先來我們家住幾天，再幫你找看看到底問題出在哪裡。」

「好，謝謝，你自己也小心點。」

打開雨傘，玖深嘆了口氣，開始往回走。

唔，還得再去一次那個房間。

雖然向家屬道過歉了，不過果然有嚇壞人，下次登門時好像應該買個水果什麼的去賠禮……但是工作帶水果去好像有點怪怪的，私下去也不對。

不過那個房間裡的相片有些地方讓他很在意，不論如何都是要再跑一趟的，還得先請家屬幫他保留一下物品才對……

想到這裡，玖深趕緊拿出手機，打算先撥個電話給家屬，接著才發現袁政廷竟然有打電話給他，手機有顯示未接來電，大概是剛剛在放空沒聽到吧？

幸好那通電話撥過來的時間就在不久之前，他連忙回撥過去，手機那端很快就接通了。

「玖深我收到你的簡訊了，今天晚上一點你家門口。」

一打通，玖深就聽到對方爽朗地丟來這句，然後他滿頭霧水，「簡、簡訊？」

「對啊，你剛剛發簡訊來不是說今天晚上要一起去嗎，我打工結束後直接去你家門口，對了今天日子有點特別，記得買枝花，我們要去一個地方。一點喔、準時到。」

「咦、喔，好。」愣愣地掛掉電話之後，玖深才驚覺他沒有發簡訊，也沒有和對方約時間，他根本還在考慮中啊！

不過買花到底……？

搞不懂，但是既然人家都這樣說了，那還是準時到比較好，失約沒禮貌。

玖深邊這樣想著，邊撥了電話給家屬，「您好，我是早上那個……對對對，不小心摔下來的，對不起……」

大致談了下後，家屬並沒有他想像中的受到太大驚嚇，讓他放心許多。

提了下自己的疑惑後，玖深得到了肯定的答案，立刻振奮起精神，「那可以不要動、先幫我留住嗎？嗯，我要過去拿，可能很重要……現在可以嗎？」

對方同意後，玖深連忙聯繫了下早上和他一起過去的人，然後衝出馬路攔車，直接往家屬那邊衝了。

因爲女孩子相片上的打扮大多都穿著小外套，而當時現場遺體的相片上，她的確穿的是外出式單一件洋裝，那麼很可能出事當天她也穿著小外套出門。詢問過家屬，母親也表示了有在衣櫃邊看見更換下來的小外套，不知道他們需不需要，就沒有動了，當時警方沒問到這事，家屬又心情悲痛，所以就忘了。

衣物遭竊後，那件小外套可能是唯一可以發現什麼的證物；另外就是當天穿過的鞋子，涼鞋也放在鞋櫃裡沒有動過，家屬保留了所有可能的跡證。

很好，有希望。

車程中，玖深也撥了通電話給小男生，但是接起的是對方家長，還被家長臭罵一頓，說女生的死和他們家無關云云，要警方不要再來騷擾小孩了。

看來這部分還是讓老大他們自己來處理比較好。

到達家屬門口時，同事還沒來，不過女孩的父母已經在外面等他了。

「請先進來喝杯茶吧。」孫母這樣說著，然後他們看了看還在飄雨的天空，微笑著請他先入內了。

因爲還在等自己的工具箱和相機，玖深也不能貿然去拿東西，就乖乖地和家屬一起坐在客廳。

眞的泡了溫暖的水果茶過來，女孩母親就坐在他對面，所有人都沉默了好一陣子。

之後，先開口的是父親，外貌看起來好像在短短時間內蒼老許多的父親打破了寧靜：「雖然這樣問對警察先生很不好意思……但早上你在我女兒房間，有看見什麼嗎？」

「叫我玖深就可以了……那個……樣本的話，必須要等檢……」

「我們不是問那個。」和男性對望了下，有些年紀的婦人打斷玖深的話，「那時候你跑出來，是不是看到我女兒？我女兒是不是還在這裡！」

一秒整個雞皮疙瘩都爆出來，雖然反射性想大喊不要找他聊不科學的事，但玖深還是硬把話給吞回去，「不……那個……我不會看那種，我什麼都沒看到……那些事情要問比較專業的……」啊該死！他不能叫家屬去找通靈的人啊！被老大知道他會被揍到扁掉！

嘆了口氣，婦人也沒有強追問玖深什麼，只是淡淡地開口：「其實，我們在事情發生後也常常會聽見廣播聲……如果卉盈哪裡得罪你，也請多多包涵，她一定沒有什麼惡意……」

「不、沒關係，不用介意，眞的不用介意。」只要請她不要再出現就好了！來一次差點就被嚇死，玖深只盼望對方讓他好好工作，不要再衝出來嚇人了，他的心臟眞的負荷不了不科學的狀況。

拜託不管地下還是地上有知，眞的就放他一個人默默做就好了。

「對了，孫同學交往的男生你們了解多少？」既然都來了，玖深也把握機會稍微再問一點相關情況。

「嗯，這件事虞警官也問過，卉盈喜歡的男孩子叫張元翔，我們不認識對方父母，但元翔倒是來過我們家幾次，是個很有禮貌的小孩，家裡似乎也管得很嚴，常常和卉盈爭班上的一、二名，兩個人感情很好……唉，我們不反對他們交往，現在這種時代，小孩子都早熟，就算制止也沒用，不如順其自然多看著教著點，讓他們不要越界就好，孩子也比較不會因爲這樣和父母鬧對立。」擦擦眼睛，婦人低下頭，「爲什麼會發生這種事呢……我們都不懂……」

「事情發生之後，元翔的媽媽曾打過一次電話，但是態度很不好，說我們家的事情不要牽連到他們的小孩，請警察不要再騷擾他家，會影響到小孩的未來，鄰居也都指指點點，讓他們很難做人。」搖搖頭，孫父和妻子緊緊握著手，只覺得無奈。

聽著家屬的話語，玖深思考著第一批帶回的證物，女孩子那時究竟想留下什麼話呢？便條上隻字未提，雖然是失血，但肯定有非常充裕的時間讓她留下最後的話，不過她卻沒有。是對於父母的抱歉，或是想要給男孩子寫點什麼？

本人已經不在了，無法從冰冷的嘴唇中問出她最後想著的那些事情。

「我們聽說這件案子是您主動要求查詢的。」

被打斷了思考，玖深抬起頭，看見的是雙充滿哀傷絕望又很感激的眼睛，哀慟的母親打從內心眞誠地對他說道：「謝謝，眞的很謝謝，不管最後如何，還是很謝謝你。」

雖然他們早就已經跨過了混淆界線的難關，但往往在這種時候，卻還是會想要多做點什麼，比起責任、比起工作，這些事情依舊在推動他們往前。

並非阻力也並非傷害，這是讓他們足以繼續走下去的動力，在這種年代，和身邊的伙伴因此可以繼續向前走，而不是被絆住迷失。

他眞的希望阿因可以了解這點。

□

「老大，快點過來！」

打開玻璃門，阿柳朝剛出電梯的人招手。

加快腳步，接到電話就跑回來的虞夏看著還留下來加班的同僚，問道：「什麼發現？」

「我拆了三乾喉嚨裡拿出來的那玩意。」

「……他的名字叫林宇驥。」回頭一定要賞嚴司那個每次都亂取死者代號的傢伙一拳，虞夏如此決定。

「總之那是個藥包，我們平常也會摺到的那種……以前診所也有，不過裡面裝的不是藥，是這玩意。」拿出了奮戰很久的結果，阿柳讓對方看清楚了，是一小塊記憶卡，「我試了一下，已經被破壞了，希望能盡量把資料救回來。」

「就這樣？」既然資料還沒出來，叫他幹嘛？虞夏瞇起眼睛。

「當然不是，因爲是藥包，所以我針對藥包紙做了些檢驗；然後找到了製造廠商，對方提供我們中部盤商的資料，用了不能跟你講的辦法、總之透過一些快速管道我先問到了現在還在採購藥包紙的地方，排除了正常無異狀的診所和地區醫院，發現有幾個地方採購用量與申報的不太符合，且附近經常被通報有飆車族出沒。」拉出清單，阿柳笑笑地問道：「跑不跑？」

「廢話！」

拿到清單後，虞夏快速撥了幾通電話，準備清查這些地方，「玖深呢？」

「喔，他剛剛打電話回來，說從家屬那邊找到第二批物證，或許可以取代被偷走的衣物……雖然不一定有正式效力。晚一點會再過來一趟，不過不知道爲什麼，說今天有事會比較早走不加班。」正常狀況下，應該會看見那傢伙又熬夜拚件，阿柳對於會早走感到有點意外；就算要正常下班，他也以爲那傢伙會衝回來跟他拿備份鑰匙借住，沒想到竟然沒有，「對那件案子，他還眞熱衷。」

「有發現是好事。」不管是林宇驥或是孫卉盈，案子沒有孰輕孰重，只要接手，能夠釐清是最好的。虞夏在心中打點了下，決定明天再跑一趟男方那邊施壓，畢竟死者家屬完全不知道這些事情的話，男方肯定就是關鍵了。一個單純的小女孩是絕對不可能自己去那種地方墮胎，她身邊必定有陪伴的人，而且還會是她熟悉的人。

「是啊，別頭破血流都是好事。」不然再多撞兩次，這邊都要準備辦喪事了。阿柳可不認爲友人的腦子眞的那麼耐撞，總有撞殘的一天。

「……」

正打算罵點什麼，虞夏聽見外面走道傳來跑步聲。

「啊，果然在這裡。」被他扔出去的小伍匆匆忙忙又冒出來，「老大，我電訪完墮胎死者剩下的同學和網路上的交友了，沒有什麼可用的線索，孫同學她的一些好朋友也都不知道她的狀況，男生那邊的朋友也都不曉得，甚至有聯繫的網友也都說沒有異常。」

「那你跑來幹嘛？沒事幹就繼續去追林宇驥那邊啊。」因爲這傢伙太煩了，虞夏就把手上待處理的事物往對方腦子上砸，最好忙到不要來跟在他後面團團轉，像條尾巴似地看到就煩。

「呃……是正要去啦。」今天跑了一天了，其實小伍覺得很累很想回家，但是比他跑更多地方還去找長官吵架的虞夏看起來比他還有精神，他就不敢說累了，「對了，孫卉盈隔壁班好像有個男生逃家，跟她導師聊天時說的，好像也是乖乖牌……不過有人說看到他混在飆車族裡，導師希望我們在查案時，如果有找到這學生就快點帶他回來。」

「名字？」捺著脾氣，虞夏問道。

「黃旭光，和孫卉盈他們同年。」

猛然回過神大概是在將近一點左右。

提著第二批東西回來，玖深經過各種分類、和阿柳交換目前進度後，就埋頭到那些物品當中。如他所想，孫卉盈的衣服與鞋子上果然有些不明跡證可採，讓他一專心就忘記時間。

「糟糕！」

連忙將手上的工作先告一段落，他匆促跑向停車場，然後才想起還要買枝花這檔事。

「花花花花……」便利商店便利商店……商店應該有金莎花吧？不知道帶金莎花行不行，肚子餓還可以吃掉。

一股冷風突然吹來，完全只想著要找花的玖深猛地一個踉蹌，好像被人推了一把，莫名其妙回過頭後，身後只有一片黑暗。

雞皮疙瘩幾乎在同時冒了出來，也顧不得花，玖深連忙衝向停車處，用生平最快速度把自己塞進車裡，接著在下秒差點驚叫出來。

一枝白色玫瑰花擺放在副駕駛座上。

「冷靜、冷靜……一切都是偶然。」已經開始覺得胃有點燒灼感，玖深很快地發動車子，離開幽暗無人的停車場。駛到大馬路後，周圍還有些商家在營業，亮著的燈光也讓他稍微安心了下來。

回家的這段路中沒發生任何事，這讓他開始努力說服自己花其實是他買的，只是自己忘記而已。

「沒事、沒事……」用力深呼吸幾下，快到家時，他遠遠就看見袁政廷已經在外面等了，一看見他停車搖下車窗，對方也快步走過來。

「哇靠，你的車看起來不錯啊，不過我還是比較喜歡機車，夜遊吹風最舒服了。」從車窗外探進半個身體，袁政廷爽朗地說，「花我先幫你拿了，快點來吧。」說完，便逕自拿走了一邊的花，然後回到機車邊等待。

「那個花……」來不及制止對方，玖深吞了吞口水，硬著頭皮停好車，乖乖走向機車報到。

「今天會稍微有點距離，玖深哥如果你累的話可以稍微瞇一下。」遞過安全帽，袁政廷很好心地說著。

「會摔下去吧。」看著150CC，玖深打從心底不認爲自己可以邊睡邊搭車。

「我可以用外套綁住你啊。」袁政廷發動了機車，然後抽出置物箱裡的薄外套，「之前我載另一個朋友也都這樣，早上要打工上班，晚上夜遊就會很累，睡一下大家不會笑啦。」

「……我絕對不會睡著的。」被綁也太丟臉，玖深在內心發誓要保持清醒。

載了人之後，袁政廷繞去便利商店買點吃喝的，接著在一點時騎往人煙較少的道路。

一開始只有他們，接著慢慢地零星兩、三台機車跟上來，袁政廷似乎習以爲常，分別和對方打了招呼。

然後在下個路口、下下個路口，人逐漸多了起來。

前一天參加時，玖深還覺得很奇妙，第一次親身加入在裡面，總覺得每個人彼此陌生但又彼此熟識，就算是才來一次的他，只要抬手打個招呼，其他人也會有所回應。

昨晚袁政廷和他說過沒關係，這就很像以前大家出來逛街，遇到左鄰右舍說個晚安一樣，會來這裡的人都算友善，大家只是不想待在家裡，所以才會聚在一起到處走走。

「今天晚上人會比較多。」進入山區後，車輛數目已遠超過昨天，變成很大一支車隊，袁政廷打過幾次招呼後，回頭看了下玖深，「以前有些人收到消息也來了。」

「嗯嗯。」看著身邊大量的機車車陣，玖深思考著不知道會不會鬧事，目前看起來好像都沒問題，車速也不會太快，保持在一般青少年騎快車的速度而已。

總之希望不要鬧事，他還沒被自己人抓過，但也不想被自己人抓，不然到時候被領回去會很難看……

夜晚的風這樣吹著其實很舒服，涼涼的。

抬頭看著黑色的天空綻出無數星子，玖深突然有種好像很久沒有這麼優閒的感慨。像這樣漫無目的什麼也不做的時間，畢業之後已經很久沒有過了。

哪天大家一起放下工作出來玩一下也不錯。

就在腦袋放空之際，玖深無意識猛一低頭，赫然看見車光下倒映的影子，扣掉他和前座的車主，在腳踏板的位置不知何時蜷著一條影子，就好像有人縮著身體窩在前面。

倒抽一口氣，根本來不及想什麼，身體就自然而然地反應了。

感覺到身後一輕，發現不對勁只來得及煞車的袁政廷聽見後面傳來更多的緊急煞車聲，一轉頭才發現自己的乘客摔車了，好像還被後面的跟車撞了一下，他急忙架好車往回跑，「玖深你沒事吧！」

摔得頭昏眼花的玖深被幾個同樣下車的騎士七手八腳地扶起來，「沒、沒事……」摔倒時他有反射性保護自己的身體，也還好後面的車反應夠快，只輕輕被撞了下。

難道他最近有車難之相嗎？

這頻率眞是高到自己都想吐槽自己。

「哇靠，小袁你朋友如果太累睡著你起碼也綁一下，還好今天不趕時間。」拿下安全帽，一名看起來三十幾歲的男人好笑地說著。

「對啊，這樣很危險耶。」停下來圍成一圈的幾名騎士也紛紛表示。

被男人載著的是個小男孩，大概十三、四歲的模樣，打開安全帽面罩後往後看了下，「開車的人沒來嗎？」

「阿克他們今天好像也是騎車，因爲今天是要去『那邊』，所以大家似乎有默契都騎車。」袁政廷朝旁邊一些看戲的騎士揮了下手，看似乎沒事了，大半人群就先散去繼續向前移動，只留下附近幾個人，「玖深你如果眞的很累的話，不要怕丟臉。」

「……我沒事。」喘了口氣，玖深拔下安全帽，這才發現鏡片被撞裂了，安全帽上也多了很多刮痕，「不好意思，明天賠一頂新的給你。」說話時，他瞄向對方的機車，剛才的倒影已經不見了，說不定只是自己眼花。

「人沒事就好，安全帽不重要啦。」拍拍玖深的肩膀，袁政廷還是有點擔心，「說眞的，我幫你綁一下吧？」

「不用了，我很清醒。」其實他根本沒打過瞌睡啊，玖深發現自己根本是啞巴吃黃蓮，什麼都沒辦法講，這時突然有點明白阿因的難處了，「快點走吧，其他人都走很遠了。」

「……眞的可以嗎？」疑惑地盯著人看了一下，袁政廷才回機車上去。

看著那輛車，玖深其實有千百個不願意再上去，但身邊的騎士也都紛紛開始繼續移動了，他只好硬著頭皮跳上車。

「這個借你吧。」並停在旁邊的男孩拔下自己的ＭＰ３遞給玖深，「聽點音樂會比較有精神。」

本來是滿懷感激地接過來，但聽見耳機內傳來完全令他頭皮發麻的聲音時，玖深一秒就把小機器還給對方了。

午夜一點十三分，這是聽眾小綿羊的點播……

□

「我們現在要去的地方，可能會比較嚴肅點。」

可能是爲了給玖深提神，前面的袁政廷突然開始開口：「玖深沒辦法認識了，但是這個車隊是因爲有他才存在的。」

「……召集人？」死盯著袁政廷的後腦勺，打死不看別地方的玖深小心翼翼地探問。

「算是，一開始大家也都只是不想回家而已，所以到處遊蕩，不知道什麼時候開始聚在一起，然後不管是哪裡都一起去，人多時候彼此照顧，沒有目的，只知道不想回家時一定可以來這裡。」頓了頓，袁政廷打開了安全帽，享受著有點低溫的夜風，「也不知道爲什麼，總之大家都認爲召集人就是他，因爲不管什麼時候來他都在，雖然那時候看起來應該是中輟生。」

「高中生嗎？」

「我猜是吧，以前剛見面時他看起來不大，我認識他的時候還比現在小一點，似乎前陣子才成年，總之大家的目的只有到處逛，不會主動問對方背景……我也沒問過你在幹嘛啊，這些都不重要。」

想想好像也是，玖深拉回話題：「所以現在是要去看那個人？」

「是……他已經不在了。」

玖深愣了一下，很快就意識到狀況不對，「死了？」

「雖然這樣猜，但其他人並沒有看到屍體。」將機車轉進狹小的山路裡，袁政廷避開了大塊的石頭，機車駛進了荒廢的車道，發出了奮力的咆哮聲，接著往上騎了一小段，目的地即將到達，「警方說出血量已經到達致死，可是到現在還是不知道怎麼回事。」

腦袋整個轟了一大聲，玖深抬起頭，看見了不遠處黑暗的廢棄宮廟，周圍已經有很多機車圍繞著。

——這不是老大手上那件冤孽嗎！

廢棄的宮廟旁空地上有一大片黑暗的痕跡，還有殘存標註的記號，玖深就算不用細看也知道那些快被磨光的標註各自代表什麼。

對了，他們的確還沒對外公布屍體情報，去找林宇驥的母親也是私下，當時有請家屬先不要聲張，外界現在知道的只限於不明男屍的部分，還未連貫起來。

「不不不世界上不會全都是巧合……」

「你在跟我說話嗎？」聽見身後好像有很低的講話聲，到達目的地後，袁政廷停下車。

「沒有，你可以不用管我。」看著黑暗詭異的廢棄宮廟，就算周圍圍繞著幾十輛機車、就算一堆大燈照得四周很亮，玖深還是幾乎要壓抑不住拔腿往後逃的衝動。

他總覺得在看不見的黑暗中有別種東西。

大概是職業本能，就算不想看清楚，但玖深還是藉由大批機車的燈光打量了建築物，以及目前所在地。

這是很尋常的私人搭建廟宇，一大片空地以前可能是拿來做停車場和活動場地使用，都鋪上了水泥，因爲年久失修，所以有些地方已經破損長出雜草，角落也堆積了不少垃圾雜物，還有兩、三個風吹雨打後半腐朽的小金爐。

主廟宇建築物是半水泥半鐵皮搭成的，高度是三層，門窗玻璃早已經沒了，牆壁上也被噴漆亂畫，佔地頗廣的廟內沒剩多少東西，巨大的神像老早被翻倒在神桌下還噴了油漆，外面的天公爐被插了半個燒爛的輪胎，室內還散落著幾張金紙，看起來格外詭異。

大門口邊的牆上用血色油漆噴著的「欠債還錢」，已經說明了這座廟宇爲何殘破至今。

那灘血跡就在大門左側。

袁政廷走過去，把帶來的花放在血跡旁，接著就走到一邊去接電話。那裡已經有很多花朵，顯然今天應該就是失蹤者的特別日子。

雖然很不想碰，但在眾人目光下，玖深還是抖著手把那朵白花給放上去，接著逃得遠遠地觀察。

「宋鷗有來嗎？」就在他們後面的男人左右張望了下，問道。

「可能晚點，還沒看到人，他有說要從外縣市趕回來……」

車隊裡有不少人彼此認識，所以三三兩兩群聚在一起聊事情，有的則是放完花立刻走人，沒多久人就離開了一大半，剩下部分。

用力深呼吸幾次，玖深看了眼正在和剛剛那男人講話的袁政廷，對方沒有馬上離開的意思，所以他就自己做了幾個心理建設後，去繞宮廟四周了。

這件案子目前他們手上已經知道機車是林宇驥的，發現機車時只有一大灘血跡，血量達致死，不久後就發現死者遺體，不但有遭凌虐的跡象，還是過度殺人，身上有一些加工過的刀傷，還未了解眞正意義。

剛剛放花的時候他就注意到了，這裡應該就是第一現場，那一大塊血跡附近有不少移動落下的痕跡，可能死者在死前仍努力想離開這裡，最後倒在血泊中，接著附近有車胎痕跡與滴落點，應該是用機車運走了屍體前往其他處處理。

繞了一圈後，在外圍並沒有什麼收穫。

玖深抬起頭，看著暗黑宮廟的屋頂，千百個不願意地走進一樣暗黑的建築物內部再走上去。

往回看，袁政廷還在聊天，剛剛要借他ＭＰ３的男孩坐在摩托車上聽音樂，另外幾個人他完全不認識，還有些戴著安全帽根本連臉都看不到。

看向因車輛離開燈光銳減所以也變暗的建築內部，玖深一眼就看見倒在地上的巨大神像，那個比成人大四、五倍的神像半邊臉被噴了各色油漆，看得他頭皮發麻，他完全可以感覺到全身的雞皮疙瘩都站起來，腳還有點抖。

「沒、沒事……不科學的東西一定沒那麼多……」玖深努力安慰自己，拿出隨身小手電筒避開人群視線慢慢往沒門的側門口移動，途中還踩到垃圾袋發出噪音差點沒被嚇死。

踏了兩階樓梯後進了主建築，空蕩蕩的空間透著外頭照進來的光，還聽得見喧譁聲，這讓他多少安心了些，雖然裡面看起來還是很詭異，不過起碼外面人多，隨時可以逃出去。

呼了口氣，玖深抹把臉，擦掉冷汗就開始勘查屋內。

雖然東西早就已經被撤走或破壞了，但還是可以看得出來全盛時期香火鼎盛，抬頭可見熏黑的天花板。廟堂裡也有幾根已經被敲壞的雕飾柱子，充滿腳印的地板顯示這裡近期內有不少人出入……大概是前一批來勘查的同仁，或是其他夜遊的人，總之現場也已經經過一定程度的破壞了，只能從殘存跡象來下手推測看看發生過什麼事。

堂後有往內的走廊，走廊通向連在後方的副建築物，看來應該是私人住處，地面上還散落一些破碎的家具和垃圾。

玖深抓抓頭，看來回去還是先調一下檔案查查之前同仁的記錄好了。

咬著手電筒，他拿出筆記本先畫下室內大致上的規格，接著用手機拍了幾張照片，最後將光轉向了後方的樓梯。

樓梯附近的灰塵髒污留有不太明顯的拖動痕跡，一樣都遭到破壞了。

玖深看見痕跡邊也被做了記號，是前一批同仁留下來的，那道痕跡直接沿著樓梯向上，光照上去後可以看見樓梯側牆也被噴了不少油漆畫或文字，表現手法不同，看來應該是不同時期的人留下來的。但是扣掉這些，最顯眼的是牆壁上幾個斷斷續續且有些模糊的反向手印，是暗黑色的，他都可以確定應該是血跡了。

因爲沒帶工具箱無法當場檢驗，不過都這麼明顯了，應該也有被提取回去，所以他也就略過直接順著樓梯往上走，穿過了打通的二樓之後直接跟著痕跡走出頂樓。

上面因爲沒有車子的燈光照射，整片黑暗，只能靠著手電筒微弱的光線辨識。

卡好頂樓歪曲變形的鐵門，玖深稍微走了一圈，停在下面那灘血跡的正上方。

在這裡他看見了混亂的痕跡、撞歪的欄杆，以及地上的些許血點，全都表明了有人曾在這邊鬥毆，而且還打得很嚴重……通報是正確的。加上了下面那灘血跡，如果檢驗出來同屬一人，即使是玖深，也一樣會做出可能已經有人死亡的結論。

他幾乎可以看見一群青少年在這裡打架，接著有人從這裡逃向一樓，最後被追上，對方失去理智般不斷重踹他腹部，他就躺在那裡看著黑暗的天空，接著嚥下最後一口氣、被切割，全身血液離體，終致逐漸冰冷僵硬。

但是他懷疑的是，在這種地方、那個通報的時間點，怎會有路人正好撞見報警？

警察到達時已經沒了人影，只剩一灘血和一部機車。

回去之後……向阿柳借案子來看吧。

照了下欄杆處，上面也附著一些滴落血痕。

這個是……

砰——

一陣巨響打斷他的思考，玖深完全僵住。

剛剛卡好的頂樓門重重摔上，完全無風的空間裡，他的手電筒突然熄滅了。

心跳聲在黑暗中非常清晰。

握著怎樣都亮不起來的手電筒，玖深很緊張地環顧黑暗的頂樓，然後慢慢移動著想要去打開門。

細微的聲音在他的左後方響起。

明明看不到，但他卻很敏感地聽見了某種東西從外面拉住欄杆的聲音，喀喀喀的將生鏽的欄杆弄得不自然作響。接著施力點向上移動，欄杆也跟著擺了擺，然後再向上……有什麼東西沿著欄杆外圍爬上來。

樓下的機車聲和喧譁聲很大，但是玖深現在卻覺得四周安靜得詭異，靜到完全能聽清楚欄杆外的移動聲和自己越來越快的心跳聲。

接著，手電筒無預警亮起，被嚇一跳的玖深反射性就把手電筒丟出去，一脫手他就知道慘了，慌忙想去撿回掉在地上的唯一光源。

然後他看見了。

在微弱光源的照射下，一抹影子出現在地上。

玖深往後彈開，靠在身後的牆壁，驚恐地看著地上的人影。手電筒是往外照的，他發現欄杆停止了聲響，落地的是條完整人影，但空氣中卻什麼也沒有；接著，那人影慢慢往他靠近，離開手電筒的光源範圍後再度消失。

但是玖深知道，那個東西一定過來了。

他眞的很想逃走……這高度跳下去應該不會死人。

黑暗的不愉快記憶無預警冒了出來，他想起之前被關在後車箱的事，狹小、悶熱、黑暗，不明白的事物窺視著自己。

遺留舊傷痕的左手隱約痛了起來。

全身肌肉緊繃到想吐。

然後他的腦袋傳來刺痛，似乎更久之前，還有更黑暗的事情……

「我……看不見……不知道怎麼幫……」

一絲冰涼滑過他的後頸。

直到眼前一陣發黑暈眩，玖深才注意到自己不知何時屏住呼吸，差點憋到窒息。

然後他聽到喀答一聲，掉落在地上的手電筒滾了兩圈，照到某條影子跳出欄杆，接著什麼都沒有了。

也不知道那東西是不是走掉了，至少四周的空氣似乎不再那麼詭異，接著玖深就聽見非常大的喇叭聲，是同時有大量車按下喇叭那種巨大又刺耳的吵雜聲音。

猛地才想起來剛才樓下的喧譁聲好像大到有點不自然。

玖深連忙撿起手電筒，跑了幾步靠著欄杆，他看見下面不知道什麼時候多了很多改裝機車，而且顯然來意不善，包圍著包括袁政廷在內剩下的人，挑釁地直按喇叭。

回過頭，本來被摔上的頂樓門不知什麼時候打開了……其實也沒關上過的跡象，玖深沉默了兩秒，逃難似地衝下樓梯，一路逃出側門繞回車隊邊。

被包圍的己方車隊裡也出現好幾部剛到的摩托車，不知爲何，玖深看見其中一輛還覺得有點眼熟，還沒想仔細就被袁政廷給拉過去。

「你跑去哪裡了？」袁政廷白了他一眼，接著把他和剛才那個男孩塞在一起，「算了，現在有點麻煩，總之你們不要管任何事情。」

玖深和男孩對看一眼，旁邊還有幾個看起來比較害怕的年輕人也被擋在後面，車隊的機車直接在他們面前圍繞一圈，騎士們也不甘示弱地催著油門回應挑釁。

改裝車隊過了好一會兒才把手從喇叭上移開，接著中間那沒戴安全帽、染著一頭金髮的年輕人勾起冷笑，唇環銀光也跟著劃開詭異的弧度，「現在誰在帶頭？」

玖深打量了下這個應該是車隊首領的傢伙，大概十七、八歲，臉上一堆環環釦釦的看起來好像很痛，但引起他注意的，則是對方的穿著和改裝機車，大圖騰的衣服、價值不菲的硬底靴，以及換過引擎、排氣管的轟轟聲響。

接過身旁笑得張狂的同伴遞來的鐵棍，年輕人用鐵棍在地上敲了兩下，「你們這支現在是誰在帶頭？」

車隊裡幾個人面面相覷，接著走出一個戴全罩黑色安全帽的，深色鏡片掩蓋住臉，帽上有很顯眼的銀色線條。

「很好！林宇驥現在不在，那就找你要人。」改裝車隊跑出了幾輛拔掉消音器的車，圍著那個黑色安全帽。

見情勢緊張，玖深立刻偷偷發了簡訊回警局請求幫助。

「等等，你們幾個沒毛的小孩是吃飽撐著嗎。」三十幾歲那個男人突然催了油門，直接擋在黑色安全帽前面，順便撞開一部逼太近的機車，引起一陣叫囂，「各自走各自的，少來找我們麻煩！媽的你們這些吃家長的小屁孩，信不信老子會讓你們全家吃不完兜著走！」

「喔喔，好可怕喔，社會人士欸。」改裝車隊裡的人群哄笑了起來，「幹！都給我打！打到他們交人！」

隨後，就是一團混戰。

「別打了、別打了！」

看著撲來的人，玖深很順手地扣住對方手腕，然後將人翻倒在地按住，「不要打架！」

接著旁邊的男孩不知道從哪裡拿出一根木棍用力把他下面的青年打暈。

「……」看著戴耳機的男孩，玖深默默站起來，還沒訓斥小孩子不要跟著打時，一根鐵棍又飛過來，他只好繃緊頭皮再抓人、壓制，還沒開口又再度被旁邊的男孩打昏。

袁政廷吹了記口哨，「其他人就交給你啦，玖深。」

「喔好……不對啊不要交給我！通通不要打！」

最後玖深可悲地發現自己的聲音根本壓不過整片混亂的機車噪音、催油聲、喇叭聲，以及混戰的叫罵聲。

混亂中，他看見那個黑色安全帽的騎士很帥氣地應對，身手簡直好到不行，居然還可以把機車上的人給撂翻下來。和老大那種一招死的暴力美打法有點不太一樣，但這樣看著也是很賞心悅目。

很快地，他搭的那部摩托車騎士也搶上來幫忙，馬上擺平了不少人。

幾乎看到發呆的玖深突然感到肩膀一陣劇痛，然後才猛然回過神，抓住想再度敲下來的鐵棍，接著將攻擊的綠毛小孩給踹開。

爲什麼警方會這麼慢啊！

看著眼前扭打得亂七八糟的混戰，這輩子沒打過群架的玖深眞的有點傻眼，雖然努力想叫所有人住手但又傳達不到，忙亂中被敲了好幾下還要保護身邊的小男孩，這種時候他就開始哀怨怎麼虞夏不在身邊，老大一出馬肯定可以十招定江山。

隨後，那個黑色安全帽的吹了記口哨，車隊的人好像很有默契地各自發動了車子開始向外衝撞。

「傻在那邊幹嘛！快上車！」

還不知道發生什麼事，距離玖深比較近的男人往他頭上敲下去，接著硬扯著玖深上後座，油門一催就往外撞。

倉促間，玖深看見袁政廷也抓了有點被衝散的男孩上車，然後跟在他們後面闖車陣。機車碰撞時他也被撞了好幾次手腳，最後還眞的讓他們衝出包圍。

陸陸續續，玖深也看見後面有些人衝出來，各自散掉了，也不知道爲什麼改裝車隊並沒有追上來，依舊在宮廟前的空地上糾纏。

「靠北，還眞的被他講中了！」衝出有段距離之後，男人咆哮了聲：「他媽的！選在今天找麻煩！」

「喂喂喂！其他人沒事吧！」抓著對方的外套，玖深覺得在山路上用這種高速行駛實在很危險。

「安啦，我們算是最後走的幾個。」用力一轉彎，騎了一段路之後男人才停下來，等待後面的袁政廷和男孩，「溫區，小的那個是我兒子溫有恆，小弟你還滿能打的，該不會有練過吧？」

除了被虞夏扁之外就是基本訓練……玖深苦笑了下，「還好啦，就防身。」

「等等去我家吃宵夜吧。眞是，久久出來一次就遇到這種場面，幸好警察沒來，我可不想今天睡警局。」

幸好警察沒來……不然他大概會成爲第一個被扣在派出所等提領的鑑識人員……

不過爲什麼警察沒來？

玖深疑惑地翻出手機，這才發現自己的手機竟然關機了，螢幕一片黑暗，打開之後沒有傳出簡訊的記錄，也不知道是傳訊失敗還是發生什麼問題。

難怪沒有警察來。

過了一會兒，袁政廷跟上了，玖深和溫有恆交換了座位後，兩部車就一前一後下了山。

「小溫是大溫未成年時生的小孩，聽說好像是姊弟戀，後來老婆癌症死了。」袁政廷有意無意地說了下：「大溫以前也混很凶，不過現在經營小麵店，只偶爾想到才會載小溫出來逛一逛。」

「知道了。」玖深點點頭，拉下帽蓋，對方先和他提點應該是要避免他失禮地去問，不過看起來袁政廷應該跟他們滿熟的，畢竟不久前他也才講過他們不會去問別人背景。

精神一鬆懈後，玖深才感覺到手腳肩背都在痛，剛剛那些飆車族簡直卯起來往死裡打，完全沒有手下留情，袖子一拉高全都是瘀青腫傷，唯一慶幸的是沒打在臉上，不然明天腫得跟豬頭一樣去局裡可能會被很多人關心。

前座的袁政廷也差不多，身上、臉上多少有著些傷。

大溫的麵店兼住家其實不算太遠，就在東海附近，抄了近路繞回去後也差不多凌晨了。

跳下車，小溫按了電鈴，很快地有人來應門了。

門打開的瞬間玖深瞪大眼睛，很面熟的臉孔好像最近才在哪邊看過。

幫他們開門的是另一個男孩，十五、六歲的年紀，似乎是被吵醒的，神色還帶著疲倦睏意。

「你們回來了啊。」

□

綠髮少年被一拳重重擊倒在地。

確認車隊的人差不多散去之後，戴著黑色安全帽的人撂倒衝過來的機車騎士，將對方的改裝車翻倒在地，用力催下油門，巨大的空轉聲很快就引起周遭所有人注意。

「都住手。」

戴著安全帽的人聲音不大，但也不小，剎那安靜中幾乎每個人都聽見了。

拿下安全帽，看起來乾乾淨淨的面孔有意無意地往血跡方向掃了眼，接著轉回視線，看著已經重整的車隊，還有與他們兩派對立的少年車群。呼了口氣，他將安全帽往後一拋，穩穩落在後方友人手上，「帶頭的，出來說話。」

殘餘車隊騎士慢慢聚集到他身後，兩方看起來都沒佔太大便宜，雖然不少人都掛彩，但躺在地上哀號的卻是改裝車隊的人較多。

一開始的金髮少年走出來，「哪路的？膽識不錯，嗤。」

「一太。」

報了名字後，金毛愣了半晌，他多少聽過一太的名字，而且也不只他，身後帶來的飆車族也有不少人開始議論紛紛。

「……難怪。」冷笑了聲，金毛掩飾自己剛才的不自在，然後轉著手上的戒指，「我不想找你麻煩，林宇驥欠我一個人，我一定要找到那傢伙。」

「不管你找誰，動了車隊任何一個人，就是找我麻煩。」一太冷淡地說著，語氣帶著強硬，「帶著你的人回去，否則別怪我清算。」

「你憑什麼講話！嗄！」看不慣眼前好學生模樣的傢伙，剃著一頭綠色雞冠的騎士跳了出來，直接揪著一太的領子叫囂。

微微偏過頭，一太幾乎瞬間掙脫了對方的手，接著在雞冠頭還沒反應過來時扯住他的領口向下拉，膝蓋直接撞在他頭上。

連有點距離的阿方都聽見很痛的撞擊聲。

接著雞冠頭摔開，摀著臉部在地上打滾，血從他指縫流了出來，隨著動作噴落在地面。

「我們在講話，輪不到不夠資格的人插口。」音調起伏完全沒變，也無視對方人手露出驚愕或憤怒的表情，一太直視著金毛，「退不退？」

金毛臉上浮現陰狠怒意，「幹，今天算給你面子，但是我們一定要抓到那小子！」說完，惡狠狠地吐了口水，一扭車頭就朝後面的人吼：「衝啥啦！換路啦！」

改裝車隊轟隆隆轉向，不少人都朝著車隊吐了口水，接著囂張離開。

「沒受傷吧？」看人散去得差不多後，阿方靠了過來問道。

「沒事。」一太偏過頭，留意到有個騎士往他們這邊走來，拿下安全帽後也是熟面孔。

「我幹，你們今天晚上在幹嘛啊。」被幾個朋友揪著出來夜遊，沒想到會遇到這種場面，阿關有點目瞪口呆地看著學校的同學們，「還好阿因沒跟出來，不然剛剛如果又打到他，李臨玥會掐死我。」那女人放話不准酒肉朋友去騷擾他們的朋友了。

「他也有自己的事要忙啊，最近別約他到這種地方。」一太笑了笑，這樣告訴對方：「你也是。」

看阿關莫名其妙的樣子，阿方補充了，「最近夜遊狀況不太好，這支車隊的領頭前陣子人不見了，不過他在不見之前好像有拜託一太幫他看顧車隊，所以我們最近晚上也都泡在這裡，有過幾次零星衝突，但今晚的最大。」

「領隊是一太朋友？」阿關挑起眉，沒想到一太居然還管到朋友的車隊上，他以爲範圍就是學校四周而已，雖然曾聽過一太會幫忙處理其他事，但竟出乎意料地廣。

「倒也不是……說眞的，我完全不知道他認識這個人……」

「這是正常的，我也不認識他。」

阿方和阿關幾乎同動作轉向旁邊的同學，被盯著的人臉上還帶著一貫的微笑，無視兩雙瞪得像牛眼般大的眼睛，「我並不認識這支車隊的領頭人，我只收到簡訊拜託我來看照一下。」

阿方整個人呆掉了，「……你就只爲這種原因所以跟著亂跑？因爲不認識的人給你簡訊？」他只知道一太最近逛很凶，因爲擔心友人眼睛狀況，他堅持不讓對方自己騎車，硬是騰出很多時間陪他到處跟車，而且一太沒說，他也沒特地問，還以爲是在幫認識的人。

「是的。」一太微笑地說出讓阿方想吐血一百次的話。

「所以他們要找誰你也不知道？」聽出端倪，阿關非常憐憫身旁的阿方。

「是的，我連他在說什麼也不清楚呢，找人保護人什麼的，發給我簡訊的領車者根本沒有交代所有問題，我也有點疑惑爲什麼對方拿得到我的號碼。」一太還是微笑，這時候有幾部車向他們揮手，便逕自離開了，「不過偶爾會有我們學校的人來，我想就順便幫他照顧也無所謂。」

阿方一臉空白。

「他有找過我們學校學生麻煩嗎？」因爲最近忙畢展整個天昏地暗，阿關反而比較沒有去那些狐群狗黨的聚會了，所以消息慢了不少。

「有啊，這陣子學校不是在宣導回家時不要逗留、小心飆車族嗎。」一邊的阿方回過神，咳了聲，「我們有夜校學生回去時落單被圍，根本還搞不清楚怎麼回事就被打到手腳骨折。」

「原來如此。」阿關點點頭，思考著要不要去撂幾個閒人來幫忙注意學校四周。

「結果警察抓到圍人的那幾個時，他們也已經手腳骨折了，還堅持不說是爲什麼。」阿方看著旁邊的朋友，默默補上這句話。

「……」阿關沉默了，決定不要去深思那幾個人是發生了什麼事。

「總之你們那邊也小心點，不知道會不會再去找學生麻煩。」

目送阿關那群人離開之後，阿方把自己的摩托車牽來，一邊想起剛剛騷亂時瞥見的某個人，「說起來，我總覺得剛才好像有看到認識的人，不知道是不是眼花……」

「如果懷疑，不如就直接去確認吧。」微笑了下，一太接過黑色安全帽。

「什麼？」

「剛剛那些人給我一種很不好的感覺，總覺得事情不會這麼順利結束，我們去大溫家看看吧。」如果沒看錯，一太認爲自己在遏止那群改裝車之前，已經有好幾個飆車的人僞裝成一般車輛，跟著他們的車隊離開了，看來似乎是盯上了誰。

所以，他認爲有必要多跑一趟。

「……那就走吧。」阿方完全放棄詢問因由。

總之，到了就知道。

□

「來，久等了。」

靠坐在小桌子邊，玖深看著剛上桌、熱呼呼的麵條，肚子也跟著咕嚕咕嚕叫起來了。

大溫煮好湯麵後，邊擦著手，邊招呼幾個各自上好藥的客人一起先吃了。「就只有店裡剩下的現成材料可以用，大家簡單吃一下吧，等等再出去吃早餐。」看了下時間，再過不久附近的早餐店應該也都開了，這樣折騰一晚，都該多吃點補補。

「好香。」聞起來不是那種人工肉湯味，玖深不客氣開始大口吃了。

「我們家用大骨，每天都訂很多豬大骨煮湯，油蔥和肉燥也是自己炸跟滷的，我媽媽的祕方，沒有放味素，一碗才二十五塊。」坐在一旁的小溫這樣告訴玖深，「簡單的東西最好吃，請多找朋友來捧場。」

「呃、好。」玖深連忙點點頭。

「小旭，幫忙去冰箱拿飲料出來。」大溫轉頭向另一個小男生說道，也在桌邊坐下來。

小男孩應了聲，抱來幾瓶罐裝飲料。

「大兒子？」看著似乎完全不像的兩個男孩，玖深隨口問了句。

「喔，那是小溫的網友，發生了點事，現在借住在我們家。」大溫很隨口地介紹了下：「黃旭光，他……」

「噗！」玖深被麵條嗆了下，整個人狂咳。

——他現在真的感覺到神明的存在了！

這就是阿因的世界嗎！好可怕啊！

有沒有出去夜個遊就會遇到這麼多「巧合」啊！這根本不科學！他是不是在實驗室裡睡著沒醒……其實現在才是在作夢吧？

「咳咳……」

「你沒事吧？」本來正在按手機的袁政廷靠過來，順便幫他倒杯開水，「哪有吃麵吃成這樣的。」

那和吃麵完全沒關係！

玖深根本無法把自己的慘點說出口，只好默默接過水，開始思考要怎麼出示自己的身分，然後把小男生帶回局裡。不過現在明說，可能會被揍扁，他多少也曉得像大溫他們這類型的人不是很喜歡和警察混在一起。

怎麼辦呢？

看來還是得先向老大回報一下，讓他們出面比較好。

玖深正想要藉故去廁所發個簡訊，卻突然聽見很多改裝車轟隆隆的聲響圍繞在大溫住家外頭。

「我幹，居然跟到這裡來。」大溫罵了句，看了窗戶外面，「沒辦法了，小溫，你們先報警。」

「嗯。」拉著黃旭光往裡面房間走，小溫按著手上的手機。

「玖深，你也避一避吧，那些人是來找我們麻煩的。」袁政廷數了下外面的改裝機車，這樣說著：「房間鎖好，用東西擋著，避免被闖進去。」

「喔好。」玖深一邊跟著跑進去，一邊偷發了簡訊給虞夏搬救兵。

房間裡的小溫看了他一眼，「他們是來找小旭的，如果衝進來，你就跑你自己的，我爸不能一次保護很多人。」

玖深抓抓頭，也不知該怎麼講，只能四周看了看，然後打開房間壁櫥，把裡面的東西翻出來；幸好兩個男孩都算瘦小，空間應該足夠。「你們兩個躲這邊吧。」不知為何，他總覺得哪裡怪怪的。

將小孩塞好後，玖深本來想堵住入口，但先聽見了窗戶那邊傳來敲叩聲。

轉頭，窗外什麼都沒有。

正要繼續手上的事時，好幾個拍窗聲再度傳來，然後他看見窗戶上赫然出現很多小小圓圓的印子……

「哇啊啊啊——！」不要在這種時候來落井下石啊！

玖深眼淚幾乎跟著飆出來，差點又去撞牆，然後連忙用力深呼吸幾次，「振作振作振作……」現在不是做這種事情的時候！

砰地一聲巨響，有東西撞在房子大門上，還有很多叫囂、喇叭聲，許多人拿著棍棒重擊大門，也驚擾到了周圍正在好睡的鄰居，但卻沒人敢出來看是怎麼回事。

「滾出來！」

「全部滾出來！」

轟隆隆的引擎聲響震動了空氣，連在房間裡聽都覺得異常的大聲。

糟糕，該不會剛才那群全都一起過來吧？

玖深正想搬床鋪擋住門口時，腳下突然被某個東西一扯，完全沒預料，整個人狼狽摔倒在地。一時之間頭昏眼花，還沒來得及意識到怎麼回事，就先聽見某種不自然的破裂聲響。有東西打穿了窗戶，接著房間窗戶完全碎裂，碎片噴炸了整片地板。

玖深眼尖地看見身側牆上多了個小洞，寒毛都豎起來了；接著看見汽油彈被丟進來——他超討厭驗這個啊！渾蛋！這群天殺的死孩子！

趕在玻璃瓶真的爆開燒房間之前，玖深衝過去撿了帶火的瓶子，然後回扔出去。

「燙燙燙——」甩著手，手上出現了一些燒傷，不過幸好有趕上。玖深踩掉地上點點火焰，看見後巷也堵了不少飆車族，還衝著他叫嚷。

接著他就看見那個綠毛甩著手上的玻璃瓶、點燃塞著的布條，又往他這邊丟過來。

玻璃瓶在飛進來之前，玖深突然聽見某種很細小、哇啊哇啊的小小聲音。他雞皮疙瘩群起，覺得那種視線感又出現了，而且超多啊啊啊——

腹背受敵這想法一冒出來，那顆飛來的汽油彈突然硬生生在空中咚地聲，不知道撞到什麼，就掉下去砸在柏油路上，掀起了一陣火焰，熊熊燒了開來。

「啊。」玖深愣了愣，看見火光反射出來的黑影，那好像是個女孩子的影子，順著火光又消失了。

正想要叫小溫和黃旭光趁空隙想辦法逃出去時，玖深看見綠毛竟掏出了槍枝……好眼熟的槍……啊不對！不是想這種事的時候！

從窗邊跳開，一發子彈直接打在後方牆壁上，底下的飆車族又開始大吼大叫了。

如果又被打到，他阿母一定會掐死他。

啊，搞不好在這之前會先被老大揍死。

就在玖深覺得自己有點淡淡哀傷之際，較遠處傳來了另一波聲音，直逼此處，接著那些飆車族的鼓譟聲停了。而在前面，則聽見了警笛的聲音遠遠傳來，應該是地方轄區接獲報案趕過來……轄區應該不會被飆車族打吧？

玖深還在思考警力人數，卻聽見了很慘烈的哀號聲，而且好像還是那些飆車族的。窗外各種聲音和攻擊都停止了，接著傳來的是超級熟悉、又讓他極度阿彌陀佛的聲音——

「幹！拎加吃飽撐著沒長毛還敢學人開殺的卒仔屁孩！恁祖嬤今天沒讓你們唉爸叫母回去，恁祖嬤名字倒過來寫！」

7

大清早接到通報的虞夏真不知道該怎麼發火。

他昨晚難得有時間回家睡覺，才躺到床上沒多久馬上就接到通報，根本連熟睡的機會都沒有。

趕到場時，顯然大勢已去……對飆車族而言。

一地的破碎痕跡外加已被撲滅的汽油彈，被搗毀的民宅和前面的小店面，煮麵的檯子全被砸到變形，最讓人傻眼的並不是這些，而是好幾個被頭下腳上垂掛在二樓陽台外的青少年，個個都已經變成豬頭，下方竟然還有幾個頭毛染色、穿著也很微妙的人拿手機在照那排豬頭。

幾部改裝車都爛得差不多了，被疊在馬路邊，路上還有一些橫屍……應該是等待救護的傷者。

「呦，條杯杯二號！」一下班就撂小弟群過來堵死孩子的小海抬起手，精神奕奕地打招呼。

「……叫妳那些手下馬上進屋子，立刻。」媒體都冒出來了，虞夏吩咐來支援的弟兄先拉出封鎖線，擋住那些要搶新聞紛紛出籠的鏡頭。

小海聳聳肩，一聲令下，十幾個穿黑衣的小弟魚貫走進屋裡，訓練良好，好到都有某種詭異的氣勢了。

進屋之後，虞夏看到屋主坐在一邊，有個小男孩拿著毛巾幫他壓頭上的傷口。

然後轉看另一邊，就看到玖深和他兒子那兩個同學坐在一塊……不知道為什麼，虞夏冒出滿肚子濃濃的殺意，真想宰掉一大清早莫名其妙出現在這裡、還捲入幫派鬥毆的渾蛋同僚。

「早、早安。」玖深抖了一下，連忙往後挪。

嗚啊，老大看起來超生氣，殺氣外露完全不遮掩啊！

「為什麼你們會在這裡？」虞夏捺著火氣，壓下宰人的心情，看向一旁的小海。

「小弟說阿兄有難，老娘才不管發生啥事，敢碰我家人，格殺毋論。」小海用拇指在脖子前畫了一記，完全表達自己的立場。「條子來太快了，不然掛著晾乾，老娘今晚就讓他們去防止海水倒灌。」

「是對方先動手的，我們也沒辦法。」其實還是有點狀況外的阿方只能委婉說道。

「嗯……不知道呢，就變成這樣了。」一太給了讓虞夏火氣直接暴增成二十倍的回答。

「我、我我我我……我好像本來是和朋友去夜遊。」玖深的回答讓虞夏火氣再翻高一倍。

「對不起，玖深是跟我一起出門的，和他沒關係。」袁政廷按著手臂上的傷口，連忙走過來，「你們認識？」

一太站起身，擋在玖深和阿方前面，微笑地開口：「我們和這位警官見過幾次面，算得上是稍微認識。」

虞夏瞇起眼，看著眼前的學生，然後橫瞪了眼後面的玖深，轉回視線，「你們這些人少在哪邊一天到晚生事，鬧這麼大，通通給我回局裡說清楚。」

「在這之前，那些屁孩的頭頭和一些人跑了咧，老娘可以先做了他們再去報到嗎？」染金毛的一看到她家小弟，跑得跟被鬼追一樣快，小海已經通知幾個道上朋友幫忙堵，敢揍人打她阿兄，她就揍人蒸發他。

「不行。」直接打斷小海的凶殘計畫，虞夏加強語氣：「那些人是我們要的，就算變成消波塊妳也要吐出來。」

「嘖。」小海只好再發簡訊交代朋友們不要把那票白目變成消波塊。

虞夏抓住一邊的員警吩咐他們準備車輛移送那票小弟和飆車族，趕在媒體全到齊前先把相關人員全部轉走，「你們幾個現在通通和我回警局，馬上，那幾個小孩跟屋主也是。」

黃旭光看了大溫和小溫一眼，只能乖乖跟著往警車方向走。

還握著水包的玖深就在殺氣陪伴下，戰戰兢兢地上了虞夏的車。

「你的手沒事吧？」等人上車後，虞夏看了眼水包，問道。

「呃，一點燒燙傷而已，不嚴重。」玖深縮了縮身體，正想拉安全帶時，突然又感到某種視線，不是在車內、是在外面；不知道從哪邊來的，直勾勾盯著這邊，讓他又有點抖，不過因爲虞夏也在車裡，他的害怕還不到逃竄地步。

那個到底是要幹嘛啊……

正在思考那道視線的意義時，旁邊窗戶突然被敲了兩下，玖深一整個跳起來，直接撞到車頂，痛得彎身摀住腦袋。旁邊要發動車的虞夏嘖了聲，打開車窗。

「抱歉，剛忘記給你們這個。」站在外面的一太微笑了下，遞了張紙片進來，「不知道爲什麼，總覺得你們應該會需要，還有玖深哥你要快點去處理傷口，不然會有不好的感覺。」

「啊？什麼？」突然被點名，玖深愣愣看著大男孩笑笑地離開車窗，往後方的警車報到去了。

盯著紙片上的字看了半晌，虞夏瞇起眼睛。這地址不偏不倚就在阿柳開給他的區域範圍裡，不知道是巧合還是其他，總之他收下了，既然都要跑，從這裡開始跑也沒什麼不行。接著他就轉頭看向旁邊的同僚，「手張開我看。」

玖深搞不懂什麼狀況，他張開手，接著就看見虞夏套上手套，突然用力往他手上扯了下，連著血和皮扯下一塊不知道什麼東西，把他痛得眼淚都爆出來了。

「封口融掉的塑膠黏在上面，你找死嗎。」將物品塞進一旁小瓶子裡扔在儀表板上，虞夏發動了車子，和警局其他車輛轉往不同方向，「去醫院處理完，你就給我滾回去，我已經通知阿柳幫你請假了。」

「咦？咦？我還可以工作啊。」玖深有點錯愕，但很快就想到爲什麼了。除了已經被牽扯進去之外，他也不能把主觀意識帶進工作裡，發生這些事已經很難不預設立場了，這和阿柳私下玩遊戲的狀況截然不同。

「你現在已經不是旁觀者。」虞夏嘖了聲，看了眼旁邊突然消沉下來的傢伙，「回家去，黃旭光的事我們會處理，這兩件案子你都不要再碰，其他人會接手。」

「唔……」玖深巴巴地眨著眼，很想說點什麼，又不敢開口。

「還有啥事？」虞夏斜了副駕駛座一眼。

「我可以不要回家嗎……」

「不可以！」

好凶。但這實在攸關自己的安全，玖深決定豁出去了，「老大，我家、我家沒其他人啊啊啊啊啊——」他不要回去沒人的家啊！現在好可怕啊！

「……」

虞夏再度冒出滿心的殺意。

□

——幫幫忙。

他太害怕了，做不到。

「誰？」

半夢半醒之際，虞因聽見了淡淡的聲音。

翻起身，四周一片沉黑色，這已經不是第一次遇到這種狀況了，於是他抹抹臉，有點半習慣地等待對方的訊息。

在黑暗的那端，隱隱站著那名一直在他四周閒蕩的女孩。

不知爲何，腦袋有點發暈，他甩甩頭，讓自己清醒一點。

那時候的……是給他的……

一直在忽視……

女孩的聲音變得有點斷斷續續，有些部分聽不太清楚。

虞因皺起眉，「什麼……」

話都還沒講完，幾個很大的碰撞聲響打破了黑色空間，眨眼瞬間，一切都不見了。

現在他在自己的房間。

虞因掀開被單、起了身，現在的時間是上午，和其他人約好下午在空教室集合，所以他並沒有調鬧鐘……那聲音到底？

平常聿知道他會睡比較晚時，不會弄出太大噪音，連電視都轉靜音，問了幾次，對方竟然還回答自己在讀唇，眞是嚇死正常人。

虞因有點疑惑地走下樓梯，看見了蹲在廚房撿鍋子的某人背影，「……玖深哥？」

「啊？吵到你了？對不起，沒想到這樣還滿難拿東西的。」抬起被綁得和豬蹄一樣的右手，玖深嚴重懷疑這是阿司那個什麼學長故意整他的。他明明記得只要貼人工皮就好，對方還恫嚇他說不包會怎樣怎樣，弄得跟粽子沒兩樣，連手指也裹得像香腸。

虞因跳下階梯幫忙撿掉落的鍋子，左右看了下，沒看見這時間應該在看電視或書的聿。

「小聿剛剛出門了，說要去圖書館，等你放學一起回來。」在門口被踹下來那時，玖深正好遇到要出門的聿，對方給了他備份鑰匙後就這樣寫了紙條說明行程。

「喔，了解。」虞因抓抓翹得亂七八糟的頭髮，將散落的大小鍋子歸位，然後瞄了眼放在一旁桌上要熱的東西，順手拿來拆開了加熱。「玖深哥，你吃飽後要先去睡一下嗎？我中午才會出門。」對方臉色實在難看得和鬼一樣，他多少看得出來八成是沒睡，因爲前一天才在咖啡廳聊過，可能是因爲這樣才會出現在他家……不知道是大爸還是二爸扔回來的。

「呃……」雖然老大家看起來乾淨整齊、好像很好睡的樣子，但玖深並沒有忘記近期成打不科學的事情十之八九好發於眼前的大男生身上包括他家。

「不然你睡我房間好了，我等等要畫設計圖，會在旁邊。」看對方還是很遲疑，虞因只好這樣說道：「就算眞有點啥，好歹也有人吧。」

「謝、謝謝。」因爲眞的很害怕，所以玖深就老實道謝了，這種時候實在不想深思丟不丟臉的問題，至少虞因不會拿這種事情笑他、也不會揍他；而且折騰了整晚他眞的很累，現在除了全身痠痛還有點恍神，剛剛買早餐還點錯，一杯熱豆漿直接點成一瓶冰豆漿啊啊啊啊！

「快點吃飽休息吧。」將熱豆漿遞過去，虞因自己也倒了杯。

玖深匆匆吃飽後，借了衣物簡單沖過澡，就鑽進別人家被窩，很快打起盹進入夢鄉。

虞因其實也不是眞的要畫設計圖，只是爲了讓對方安心。他看了下，這時在房裡玩電腦也很缺德，於是他先走出房間發了簡訊給李臨玥他們，表示要晚點過去，讓他們自己先動手，接著就去樓下拿了畫本往回走。

靠近房間時，他聽見了細小的聲音。

那是種很難形容、稍微有點像小孩玩鬧的聲音，但又不太一樣；那個聲音也不像小孩、比較像其他相近的聲音。虞因小心翼翼地移了過去，還是什麼都沒看見，就像之前在實驗室裡一樣，完全沒有任何東西，不過，這次他的確感覺到似乎有什麼存在。

窩在他床上的人睡得很熟，看起來很正常，唯一不正常的是，他身上的被子——原本蓋得好好的被單呈現詭異的多角，像是有什麼東西正在將被單往床外拉走。

虞因瞇起眼睛，屏住氣息，依然看不見自己房裡有什麼，但玖深身上的被單已經全被拉扯到地上了，絕對有什麼存在……這種狀況太奇怪了，經過那些事情之後，他看得比過去清楚許多，不該發生在他眼前卻看不見才對。

難道是故意不讓他看見？

「喂！在幹什麼！」就在「某種東西」試圖把玖深也拉下床時，虞因立刻推開門遏止。

就在喊完瞬間，他房裡再度傳出那種怪聲，好像有什麼一哄而散的樣子，所有動靜霎時全都沒了。

虞因撿起被單蓋回去，思考了半晌，想不出所以然，現在把床上疲倦的客人打醒好像也有點不人道，只好等對方起床再問個詳細了。

眞是搞不懂……

□

玖深是在中午被吵醒的。

不知何時被設定爲靜音的手機在旁邊的矮櫃上發出震動聲響，他迷迷糊糊摸到手機時對方已經掛斷了，取而代之的是收到了一封簡訊。

打開來看，是袁政廷發來的詢問。大致上是他和大溫、小溫剛從警局出來沒看見他，希望他沒事之類的，後面還附帶問了句「沒事的話晚上要不要再出來」。

玖深思考了下，先打開其他的訊息。一封是阿柳工作加重的詛咒信，一封是虞夏的短信，內容是黃旭光不肯和警察配合，連一個字都不吐，已通知父母前來。

……嗚嗚他不能碰這些案子。

把頭埋在枕頭裡哀傷了幾秒，玖深還是爬起來，先回了阿柳很多的道歉，然後思考今天晚上要不要去找袁政廷。昨晚有些事他還滿介意的，既然不能碰案子，那單純出門應該不會被老大揍成扁的吧？

好好睡過一覺之後腦袋果然清醒多了，身體狀況也比較好一些，不知道是不是真的有人在旁邊比較安心，他這次沒有作惡夢，就這樣一路無夢地睡到現在。用力拉拉筋骨，玖深瞥到一旁桌上放置的大畫本，代針筆和色鉛筆放置在一旁，樓下傳來某些聲音，看來對方真的信守承諾在這裡畫設計圖……眞是對不起他。

玖深深深愧疚了起來，想想自己都幾歲的人了，居然睡覺還得要有人才可以睡得熟，不管怎樣想都覺得很悲哀啊！

正在自我反省之際，一股涼涼的風吹來，將很大的畫冊吹翻頁，下一頁上有許多彩色圈圈，看起來與前一頁那種精緻設計圖不同，是某種很隨意、不具任何意義的塗鴉圈，看著看著玖深覺得有點眼熟。

啵。

他似乎想起點什麼，但想要深思時腦袋卻有點痛。

「玖深哥你醒了嗎？」

一閃而過的思緒被打斷，玖深猛地回頭，看見虞因站在門口，「呃、醒了……這是你畫的？」

虞因走至桌邊，搖搖頭，「不是耶，翻開就這樣了嗎？」他剛剛只畫了前一頁的圖。

「……」玖深僵了三秒，後知後覺地發現窗戶沒開。

「玖深哥，吸氣、吐氣，深呼吸～」虞因從後面按著對方的肩膀，把人一轉，直接推著走出房。一踏出走廊，連招呼都沒打，他就看見他家客人往樓下落荒而逃。

也好，剛剛才熱好午餐，正想問他吃不吃。

滴答。

虞因停下腳步、偏過頭，似乎聽見了水滴聲。

接著他看見桌上的畫冊又被翻過了好幾頁，環裝的大本子整個彈開，塗有很多彩色圈圈的那張隨風吹落在房間地板上。

看不見，但好像還在。

再度被掀起的畫紙往他這邊飛來，虞因伸出手，正好接住。看起來還是很普通的圈圈，沒什麼特別之處，很像小孩子畫的，沒個章法。

小孩子？

「跟著玖深哥的是小孩子？」虞因轉過頭，看見女孩就坐在一邊的衣櫃上，問道：「跟很久了嗎？」

女孩微笑了下，點點頭。

「爲什麼會跟著玖深哥？」

女孩側過頭，抬起手指，指向某個方向。

還是得去了才知道嗎？

雖然這樣想，但虞因對於又要處理這些事感到有些擔心，如果像之前那樣做不好……

「阿因、阿因。」

思緒一被打斷，那模糊的身影瞬間消失。虞因轉過頭，看見去而復返的玖深小心翼翼地站在門邊，然後伸手將他拉出來，「危險，不要待太久。」

虞因盯著一旁的友人，突然好像想到什麼，但自己對這方面也不是很了解，得打個電話問問聿或東風確定比較好。

「玖深哥你從什麼時候開始怕阿飄的啊？」虞因跟著走下樓梯，給兩個小的發了簡訊，隨口發問。

「這種事情還有什麼時候開始的嗎？」玖深愣了愣，想了幾秒，「還眞沒印象……大概是被我那些堂表兄姊嚇的成分居多，他們都喜歡裝神弄鬼嚇我……不過如果沒記錯，好像在被嚇之前就會怕了。」然後不良親戚落井下石加深恐懼。

啊，這樣說起來，他阿母的確會講過更小時候他都會到處亂跑，是後來才開始沒膽。

不過這有什麼關係嗎？

「玖深哥，如果有不科學的東西想要你去某個地方，你去嗎？」看到對方瞬間嚇呆，虞因只好修飾一下問句：「或許、可能和你那個神明指示有關？」

「這、這個、這……」這也太爲難人！玖深一整個兩難，但神明都要他不能拿護身符了，一定有祂的道理！如果再抱怨，下次不知道會被神明丟什麼東西啊！

「你可以慢慢考慮，先吃午餐再說。」果然這種事情還是很難被接受啊，這就和叫怕蟑螂的人去挖蟑螂窩一樣。

「我去！」玖深決定斷腕斷快一點，以免自己太痛。

也妥協得太快！虞因有點意外，沒想到神明的指示這麼好用！他剛剛還想如果眞不行，就自己跑一趟再說了。

「那、那就吃飽之後走一趟吧。」

□

吃飽午餐後，虞因牽出了自己的摩托車。

出發前把事情稍微告知了下李臨玥，對方說她知道了，要他弄完再買吃的過去請，他們要先拚進度了。

最後在女孩帶領下，他們來到最熟悉不過的地方。

「這邊嗎？」應該不會被老大往死裡打吧。玖深抓抓臉，很不解神明的指示。

「應該是吧……」

走進建築後，玖深先向警衛和一些認識的人打招呼。

「欸？這不是被禁足的玖深小弟和通靈大師嗎？」嚴司遠遠看見應該要在家裡閉關的兩個人出現在自己的工作區域，他放下手邊的飲料罐，迎了上來。「怎麼？你們兩個現在攜手同遊異世界了嗎？最近又有什麼電波？」

「不知道啦。」虞因發掉手邊的簡訊，沒好氣地推開對方，也不知道爲什麼女孩會讓他們來這裡，既然都來了，也只好問看看，畢竟事關旁邊的某鑑識，「難道最近有什麼不太對勁的死者嗎？」

「說到不對勁，只要是被宰的都不對勁吧，這次又要破什麼冤案？」嚴司很有興趣地看著這兩個極端組合，沒想到玖深竟然會跟著虞因跑，該不會發燒了吧？

「阿司你摸我額頭幹嘛？」玖深揮開腦袋上的手，有點莫名其妙。

「感受一下是不是有不一樣的神祕氣息。」嚴司笑了下，看了眼對方的豬蹄，「等等我幫你重新包紮吧。」他學長太惡趣味，以不讓對方動手爲前提下，包成這樣也太大團。

「好啊，謝……」

話都還沒說完，某種突然傳來的聲響打斷他們的交談。

玖深嚇了一跳，瞬間縮到虞因身後。

「奇怪，裡面應該沒人啊。」嚴司看了眼虞因兩人，直接拐進停放屍體的冰櫃房，無活人的大空間裡空氣異常冰冷，一具冰櫃已被抽出來了，露出裡面的屍袋。

他記得這具應該是之前那個屍體沒錯……

「這個、這個……」也認出來的玖深抓緊了前面大學生的衣服。

就在三人死盯著屍袋同時，靜物突然傳來細微聲響，接著屍袋慢慢地被拉開，露出裡面冰放已久的屍體。

「啊。」虞因擊了下掌，也瞬間認出來了。這是之前來這邊時，女孩拉出的三個抽屜之一，當時一個放了手指，一個放了飲料商的屍體，最後一個、也就是現在眼前的這個，放置的是一具老先生的屍體。

當時玖深還說這不是他們的案子，老先生的屍體是在冷凍室被發現的。

等等，那麼這是給他後面那個人的？

仔細思考，當時櫃子拉完後，再踏進來的的確就是玖深沒錯。

「這個放好久了，最近打算轉移走喔。」完全無視剛剛的不自然狀況，嚴司興致勃勃地走過去，「這誰？」

「哪天我如果有觀落陰到再告訴你。」最好他知道是誰！虞因嘖了聲，把躲在身後的人拉出來，「玖深哥，你有沒有頭緒啊？」

「沒有！」一秒搖頭，不過玖深還是稍微深呼吸了下，轉向旁邊的嚴司，「我只知道這位是冷凍室被發現的……」

「梧桐那邊的案子，在市場冷凍庫發現的。發現時已經死很久了，檢驗之後證實大概死了快一週吧，商販供稱因爲那幾天放春假，所以直到開市了才發現有屍體。」嚴司打開屍袋上半部，指引另外兩人看向手部，手指手掌處損傷得很嚴重，「是被活活冰死在裡面的，當天商販一打開冰箱看見裡面亂七八糟就知道不對了，立刻報警後，就在門邊角落箱子裡發現蜷曲的屍體。」

「那和玖深哥有什麼關……玖深哥？」虞因一轉頭，就看見剛剛還嚇縮的人正專注盯著屍體看。

「奇怪，怎麼會有點眼熟……」玖深歪著腦袋，仔細打量老人的屍體，之前還沒這種感覺，但現在再看，突然覺得好像曾在哪裡看過，似乎有點面熟。正想努力往回挖挖記憶時，後腦突然有東西直接把他的腦袋往下壓，害他差點整個人撞到屍體上，「哇啊啊啊啊——」

「嚴大哥不要鬧他啦！」虞因連忙把惡作劇的人推到旁邊。

「近一點比較清楚咩～」嚴司聳聳肩，站到另一邊。

「忘光了……我全忘光了……」玖深淚目，怨恨地看著對面的渾蛋。

「深海魚油限時特惠八折。」嚴司給那哀怨的眼神一記拇指。

「別鬧了啦……」虞因整個很無力。

「既然都看過了，我先幫你換個包紮吧，你們可以去我辦公室慢慢想。」嚴司拎著還想抗議的友人，重新關好冰櫃，走出停放間。

正要跟著出去之際，虞因突然聽見了從冰櫃內部傳來敲擊聲。

似乎有著什麼正一拳一拳敲打著。

但是，再怎樣求救哀號，他也已經出不來了。

「被圍毆的同學？」

「來了。」

□

透過玻璃，他們看著獨自待在室內的男孩。

「大溫、小溫都回去了嗎？」拿著杯子，還留在警局的一太看著身旁的警察。

「做完筆錄該離開的都離開了。」折騰了一個上午，虞夏終於把那群死小孩都解決掉。實際上棘手的是飆車族那些人，小海那些小弟在她一句「不要鬧事，該講什麼就講什麼」後便非常配合，所以很快就做完了筆錄，可以交保的交保完也都離開，最後他們店裡也來了律師，就連小海本人都全身而退。

「黃旭光會有事嗎？」相較自家朋友的悠哉，阿方反而沒那麼輕鬆。說真的，他也還沒進入狀況，這兩天才剛知道一太不認識這支車隊的領頭、而他們兩個還跟車已經跑了幾個月的這回事，現在又來個砸店抓人，實在是有點吃不消。

對於黃旭光，阿方也不太熟，但在車隊混了一段時間後，他和大溫、袁政廷稍微認識。在車隊裡，扣掉原本領首的林宇驥和離開去外地求學的宋鷗之後，應該就屬人緣不錯的大溫和袁政廷兩人比較有地位，這兩人幾乎認得所有車隊裡的常客，也常常會在後面押車，預防被飆車族攻擊之類的。

「你們對他認識多少？」沒有回答阿方的問句，虞夏開口：「我問過了，那群飆車族裡面幾個都說帶頭的人要抓的是黃旭光。」

「這個，還眞說不準。」隨手將杯子放在一邊，一太環著手，「我沒見過他本人，今天還是第一次照面；大溫那邊則是說黃旭光是小溫的朋友，前陣子不知怎麼了，聯繫上小溫說自己有麻煩，有人要他死，而且威脅要對他父母不利，所以大溫才將他帶回家藏著。幾天前飆車族攻擊變凶時，大溫找我商量過這件事，希望可以把黃旭光藏到更安全點的地方。」

「我本來託小海問問哪邊比較方便，就發生這些事情了。」阿方補上這句。

「嗯，他父母在外面，帶了律師來，但本人死不開口也拒絕父母與律師陪同，可以看得出來很不安，如果你們說的是眞的……」思索著如何讓小男孩開口，虞夏嘖了聲，覺得有點麻煩。

「不介意的話，我倒是可以幫這個忙。」一太微笑了下，支著下頷，微微瞇起眼睛。

「不過有條件，不能錄影、不能錄音，房間裡只能有我和他，虞警官可以在隔壁看；別做多餘的事情，否則大概問不出來了。」

「……可以。」如果有個起頭是最好，虞夏點點頭。

「那麼在聊天這段時間，阿方麻煩先幫我跑個腿吧。」一太笑笑地轉過頭，看向愣了一下的友人，如此說道：「我麻煩小海在附近等了，你現在過去應該可以遇見她，就在轉角附近。」

「知道了。」

經過虞夏同意後，阿方很乾脆地直接走人，跑腿內容完全問也沒問。

「你什麼時候和小海交談的？」上了警車後，虞夏還特地吩咐一定要將這些人隔開，以免又生事端，進警局時也一樣，應該沒機會讓他接觸到小海。

「嗯……大概在圍堵之前吧。」一太依舊保持著微笑，這樣告訴面前的警察，「傍晚出門時有不太好的預感，所以我打了電話給小海，讓她撥幾個小弟幫忙留意不對勁之處，而且總覺得事情沒這麼快結束，於是特別告訴她了，和阿方會合之前不可以離開太遠。」

「……你不是在開玩笑吧？」不知道爲什麼，虞夏突然覺得背後有點冷。

「我很認眞呢，說起來，小海的管道眞的很方便，對吧。」來的速度都比他預估的還要快，於是一太推開門，「那、我就先進去了。」

有點無言地轉進隔壁房間，虞夏讓所有人關掉各種設備後離開，只留下他一人。

另一端，一太踏進室內後，原本很緊張的男孩似乎眞的放心了不少。

「大溫或小溫提過我的事情嗎？」

在男孩的對面緩慢坐下，一太如此問道。

黃旭光很快點了頭。

「這樣，你就可以不用擔心了。」

看著對座的男孩子，發問的大學生再度開口：「威脅你家人的人，現在已經有人去處理了，你可以放心地將所有事情告訴我。我個人的原則是禮尚往來，既然現在車隊歸我管，那麼動了車隊的人，我也會悉數奉還。」

「……他們，很可怕。」怯怯地，黃旭光這麼說道：「非常、非常可怕。」

勾起了淡淡的笑意，一太瞇起眼睛——

「那麼，爲了保護你們，我會比他們更可怕。」

□

「玖深小弟，別鬧彆扭了，爲了賠罪，我不是都叫蛋糕外送來了嗎。」

重新包紮過後，嚴司一邊收著藥箱，一邊好笑地看著縮在角落的友人，後者很像小狗還是某種小動物，被驚嚇之後隨便找個凹凹的地方把自己擠進去。

不過話說回來，好歹也是個成年男人，這樣擠實在不太好看。

比劃了下，嚴司嘖嘖兩聲，體格雖然不算強壯，但也沒乾枯到哪去，玖深小弟發育也還算不錯嘛，這樣亂吃亂長也沒長歪。

「阿司你又有什麼陰謀。」看對方居然伸手出來對他亂比，玖深內心的警鈴再度大響。雖然對對方的重新包紮很感激，桌上有蛋糕也很高興，但是站在對面的那人一臉陰險讓他完全不想放鬆戒備啊！

「比起陰謀，你要不要吃蛋糕啊。」嚴司打開了香噴噴的現烤古早味蛋糕，順手抽出內附的塑膠刀。

「要。」玖深湊過去端盤子。

看著兩個幼稚的大人，虞因默默喝了茶水，才回到正題上，「所以玖深哥你真的想不起來哪邊眼熟？」

「嗯，總覺得好像哪裡看過。」但是一去思考就覺得腦袋有點刺痛，玖深自己也不知道是怎麼回事，「眞是奇怪……」

「這個借你看吧，我剛剛向梧桐要來的備份。」抽出準備好的資料夾，嚴司遞了過去，「阿伯的檢驗報告。」

玖深打開檔案，還是覺得上面的屍體輪廓有點眼熟。裡面記錄的死因與剛才說的差不多，細部檢驗也沒有發現其他抵抗、防禦之類的傷痕，完全就像是死者自己走進冷凍庫後被反鎖死在內部。下面有個推測表示對方可能是要趁春假沒人時，偷竊物品遭到反鎖所發生的不幸。

「從其他特徵來看，我們認爲死者生前應該從事勞力工作。他的手繭、關節與骨頭肌肉等陳舊損傷都可證明他長年付出大量勞力；而且腰不好，膝蓋也有問題，有不少姿勢不良造成的挫傷；看來做過搬運類和類似挖地的工作。」嚴司咬著塑膠叉，這樣爲他們說明：「牙齒也不好，有幾顆已經爛掉了。曾食用大量檳榔、菸酒；我想應該是粗工、臨時工，環境上大致也有些問題。」

「挖地……」玖深壓著額頭，總覺得好像想起點什麼。

黑暗。

所見的一切全都是黑暗。

「玖深哥你沒事吧？」

看著旁邊的人臉色突然刷白全身緊繃，虞因立刻放下杯子，過去抽走對方手上的報告。

他感覺到對方連手都變得很冰冷，還死死握著拳。

「玖深小弟，鬆開手。」

不行，他不知道旁邊的人在說什麼。

整顆頭不斷傳來刺痛，身體也變得麻痺，沒有什麼感覺。

想不起來，實在想不起來……或是不能想起來。

那是什麼時候發生的事？

他沒印象，沒記憶。

那瞬間，他發現自己在泥土當中。

濕潤的氣味，以及無法掙扎的四肢，叫喊不出任何聲音，只感覺到那些泥土一點一點地完全將自己吞噬。

「你並不在那裡，看著我。」

淡淡的聲音從旁邊傳來，他被動地轉過去，看見完全無法分辨是誰的臉，對方正在和他說話：「慢慢地深呼吸，然後鬆開手，聽著音樂，然後回來這裡。」

周圍的確傳來某種音樂。

不知不覺，他鎭定了下來，然後也開始意識到在他面前的是誰，瘦瘦小小還很白的臉，黑色漂亮的眼睛很專注看著他。

「爲什麼……」

一放鬆，好像整副身體都跟著脫力。

接著玖深倒了下去。

「……你們再不把他拉開我就被壓死了。」

用力推著壓到自己身上的重量，臨時趕到這裡的東風發出嫌惡的聲音。

與嚴司一起把人拽起來，安置到沙發上躺好後，虞因才鬆了口氣，「你來得眞剛好。」

東風冷瞪了旁邊關掉音樂的死對頭一眼，才從地上爬起，「因爲你發了那種簡訊，我認爲有必要過來看一下……雖然先前已經懷疑過了。」

「玖深小弟該不會是『那個』吧？」看著沙發上的同僚，嚴司支著下頜，有點意外。他們都以爲這傢伙只是膽子太小又怕鬼，平日也沒出現過其他徵兆，所以反而忽略了其他可能因素。

「嗯啊，八九不離十。」

呼了口氣，東風嘖了聲：「創傷造成的記憶障礙。」

□

「老大，現在方便講話嗎？」

抬起頭，正準備出去一趟的虞夏看見早上被自己趕到另一邊探詢的小伍，「幹嘛？」

「老大要我去一趟電台，我已經和主持人桑琪亞談過了。」拿到死者死亡當日的錄音後，小伍便連繫上電台主持人，對方也很爽快地完全配合，今天一早正好直接和本人接觸，「眞是大美女啊，不過當然還是小蔦比較可愛。」

「問到什麼？」省略那段廢話，虞夏一邊穿上外套，一邊往停車場走。

「桑琪亞說那天點播的小綿羊是忠實聽眾，開節目之後沒多久就常常寫信或打電話參加點歌和分享心情。信件上的地址確定就是死者家無誤，所以桑琪亞和電台幫我們整理好相關信件，讓我帶回來。」掏出一整袋的信件，小伍這樣說著：「那個美女主持人聽到死訊也很震驚，說那天晚上小綿羊也一樣有打電話進場點播，不過她的確有注意到對方講話有氣無力，以爲是心情不好，所以當時還特別幫她打氣幾句。」

「信你看過再跟我說哪裡有問題。」

「老大你要去哪裡？」看對方好像很急，小伍連忙半追半問。

「黃旭光、小海和阿柳他們都給了一樣的區域地址，我要去那家診所探探。」稍早在一太問完黃旭光事情後，黃旭光最後也給出了地址，如果不是因爲早上鬧那些事情，虞夏早就過去了。

在一太開口後，黃旭光交代出他會逃家的原因。

「因爲我看見了。」

瑟縮在椅子上的少年這樣說著：「我和孫卉盈是小學同學、也一起學過珠算，每次放學或珠算班結束，她媽媽還會帶我回她家吃點心。上國中後雖然沒走那麼近，但是因爲都是同學校的所以還是有打招呼，她死掉那天打了電話給我，說她家都沒有人，要我去救她。」

黃旭光對於孫卉盈的事也知道個大概，知道她和班上男生交往，這點他自己也一樣，也有不同班的女朋友，白白的很漂亮，但是他沒想到孫卉盈肚子裡面會有小孩。電話裡面的慘叫聲太可怕，還沒問出詳細，電話就被掛掉了。隱約知道事情不對勁，他就蹺了課，追到孫卉盈家裡，正好看見她一邊擦眼淚一邊踏上一輛黑色房車。

去過孫家好幾次，黃旭光知道孫家備用鑰匙放在哪邊，所以偷了她家的機車追上去……他曾和網友偷偷出去過幾次，所以在家人不知道的情況下早就學會騎機車了。

最後他們到了一間掛牌一般門診診所的奇怪房子。

很快就發現那棟房子附近有奇怪的人出入，黃旭光繞了幾圈，依舊不得其門而入，只好躲在附近看狀況，順便撥了電話給網友，想打聽看看那裡到底是什麼地方。

「然後小溫就說要問他爸爸幫忙，他們會先找看看林宇驥。」

他就在那邊等待，還沒等到回音，就看到兩、三個女孩子拉著孫卉盈出來，將她推回車內，那時候孫卉盈的臉色已經很難看了，就這樣被帶回家裡。黑色房車送走人後，很快就離開了。

不管怎麼打電話，黃旭光都沒有再得到回應了。

過了不久，就聽見孫卉盈死了，而且還是因爲小孩子被拿掉，所以就這樣死掉了。

他很慌張，完全不知道該怎麼辦，總之他還是聯繫了小溫和大溫，大溫當下打算報警，但沒證據也沒有立場插手，加上那個地方實在很怪，所以他們就等到林宇驥過來，把所有事情都告訴他。

然後林宇驥說他會處理。

沒過多久，黃旭光發現有人盯著自己。不管是上學、放學，甚至在學校內，都有人在盯著自己。接著，他媽媽出門時被摩托車擦撞，爸爸莫名其妙被捲入青少年紛爭，有人朝著他砸了磚塊，縫了十四針。

某天晚上，他就接到了一封簡訊。

敢說出去，就死全家。

對方已經知道他看見了。

第二天，小溫打電話告訴他，林宇驥消失了。

他立刻收拾輕便行李，逃出自己的家，不敢告訴任何人，然後被大溫收留藏在家中。

從那天開始，飆車族就經常找車隊麻煩。

「如果你要去那家診所的話，要特別小心。」

一太問完話後，站在外面走廊這樣告訴他，「感覺不太好，雖然只是個人直覺，但是多防範點怎樣都沒錯吧。」

眞是詭異的感覺。

虞夏嘖了聲。

「老大，那我跟你一起去？」大致上聽了描述，小伍也有點擔心。都說了房子周圍有怪人，老大一個人不知道行不行。

「滾。」虞夏完全不客氣，毫不留情地驅逐，「不要跟前跟後煩死人。沒事幹就去查死者男朋友，逼他們出面合作。」

「老大，好歹我們現在也是搭……」

虞夏直接亮拳頭。

「對不起我馬上去工作。」

「咦？創傷障礙？我嗎？」

清醒之後，玖深被告知了稍早的推測後整個瞪大了眼睛。

不只東風，對簡訊內容有些介意、稍晚自行到來的聿，也露出有點擔心的表情，不過一群人還是把蛋糕給吃了，聿還利用現有物資爲他們泡了一壺熱呼呼的水果茶。

「現在看起來應該是這樣沒錯啦。」嚴司很誠懇地看著呆愣愣的友人，「雖然我不是主修這部分，不過我們也可以試試看神祕的回到過去心靈大法……」

「與其讓嚴大哥來搞這個，不如東風還比較保險。」虞因完全不看好某法醫。

「我沒有牌照，瘋了死了不負責。」冷冷地開口，坐在最遠的東風丟來如此一句。

「……我可以自己調適或找人幫忙，眞的。」身爲事主的玖深突然覺得自己有點哀傷，然後接過聿幫他切好的蛋糕和水果茶。

「看你已經適應到沒什麼外在表徵，事情應該是發生在你很小的時候。」喝著手上的水果茶，東風告訴事主他們剛剛研究過的結果。

「說到這裡，你媽媽人很好耶，還說下次要請我吃飯，有放山雞可以做成香菇雞湯什麼的，果然是會養出你這種兒子的好媽媽。好女人果然很棒啊，眞想也找一個很會煮飯的好老婆。」嚴司嗅著茶水香氣，滿意地說道。

「你那種很像在騷擾別人母親的話語到底……等等，你什麼時候和我阿母說到話？」一口蛋糕都還沒吞下去，玖深完全錯愕。

「你啪搭倒地陣亡後，小東仔和我沙盤推演，然後我們倆英雄所見略同，我就覺得認識家長擇期不如撞日，就先打電話拜會你媽媽了。」說到這邊，嚴司倒是有零點一公分的抱歉，「不過不小心聊得太開心了，講了一個多小時，這個月我會幫你補貼一下手機費用。」

「……你拿我的手機跟我媽聊天？」掏出口袋的手機，果然有撥回家的記錄，玖深按著腦袋，這下子眞的頭超痛的。

「我可以帶我前室友去找你媽媽玩嗎？既然有好吃的，多多益善。」

「黎檢就算了，你不要佔我媽便宜啊喂。」雖然阿母是眞的很喜歡熱鬧，但是玖深完全不想看到阿母和某法醫混在一起啊啊啊啊——

「放心，我很有禮貌，不會少禮物的。」嚴司給他一個友善之笑。

根本不是那個問題！

玖深眞的有點崩潰。

「先扣掉糗事不說，我問了一下你以前有沒有遇過什麼比較奇怪的事情……不是我要講，玖深小弟你小時候也太慘了吧，爲什麼鄰居丟水鴛鴦會爆到你啊，正常人不是應該要走遠一點嗎。」那一個小時的內容根本是悲慘大全集啊！嚴司不禁幫對方抹一把哀傷淚，雖然他本身是有點笑到掉淚。

「那個是鄰居大哥他們丟錯邊，丟到車底下，那樣滿危險的，所以我去撿出來才被炸到。」那算是慘嗎？如果車子有那麼個萬一才眞的慘吧？玖深搞不懂這有什麼好走遠的。

「你眞是個好孩子啊。」嚴司打從內心這樣說道，眞是好蠢好呆好拐的小孩子啊。

「爲什麼你說出來的感覺好像在罵人。」玖深一點都不覺得高興。

「別在意這種事情了，總之你媽媽說，你很小的時候的確曾遇過奇怪的事，大致上是和你一群堂表兄姊玩的時候跑不見了，所有人找很久，後來差不多快清晨才在附近工地的坑裡找到你。」電話那端的婦人認爲可能是小孩子玩著玩著就自摔了，所以也沒什麼好奇怪，只是比較疑惑，因爲平常大人有告誡哪邊不能去，玖深就眞的不會去，就算他那些哥哥姊姊跑去他也不會跟，僅只那次例外而已。而且那次他自己也嚇得半死，一整個晚上都困在坑裡對小孩來說應該是個大災難，大人將小孩救出來時，小孩還哭到差點沒氣，連續作了一陣子噩夢。

「……這件事我還真沒印象，但是有聽阿母講過，是上小學之前的事情了。」玖深沒有任何記憶，不過他阿母要唸他的時候偶爾會拿出來講。何況小時候做了什麼，怎麼可能完全記住，就沒特別在意。

「如果自己都沒個底，就將那裡當作一個點，開始回憶看看有沒有什麼足以讓你產生記憶障礙的事情吧，那個晚上被困本身也就足夠是個傷害點了。」東風如此建議，「或是乾脆找醫生諮詢試試，否則看你剛剛的狀況，平常還好，若是在比較危險的地方誤觸就糟了。」

「其實今天以前我還真不知道有這回事，應該不太容易觸發。」不過應該說好險以前沒踩中過嗎？玖深歪著頭，還是想不太起來問題點在哪邊，搞不好就真的是那件摔坑事件，難怪那天晚上會在林子裡差點被嚇死。

「這種事情就怕個萬一。」大致上確認這邊的狀況不算危急，東風在水果茶喝完後便站起身，拍拍褲子拿起背包，「那我先回去了。」

「我載你……」

「免，我叫車了。」拒絕了虞因的好意，東風看了眼旁邊的事，「就這樣，玖深哥有問題可以聯繫我。」

「謝謝。」玖深一整個感動。

「小東仔你也太大小眼，玖深小弟可以聯絡你，爲啥我就不行。」嚴司發出抗議。

「你去死那天我就接。」東風甩下這句，直接轉身離開。

「……別抱怨了，我也常常被掛電話。」那天之後虞因也打了好幾通電話給對方，一開始有收到簡訊叫他不用在意那些話和衝突，那些都是正常反應。後來每撥必掛，來訪的黎子泓告訴他被掛電話是常態模式不用介意，不過他自己還是多少有些愧疚。

他不知道東風怎麼想，至少自己眞的對那天的事情非常抱歉。

所以今天看見東風因爲簡訊跑來，他超驚訝的，對方似乎眞的不太在意了，還是和往常差不多模樣，虞因就多少有點放下心裡的石頭。

「我出去一下。」看了下手機其他未讀簡訊，玖深連忙爬起，「朋友找。」

「不要走丟喔。」嚴司揮揮手。

「你才走丟！你整顆良心都走丟光了！」

「你怎麼知道！」嚴司好驚訝，「看到記得叫它不要回來，它被放逐了快去別的地方找新家。」

「……」

玖深毅然決然甩頭離開。

□

「玖深。」

循著簡訊上說的位置，玖深果然在兩條街外的輕食店看見袁政廷，對方遠遠就從位子上朝他招手。

「你怎麼知道我在這裡？」玖深有點訝異，然後加快腳步迎上前去。

「接你電話的人說的，他說你在跟內心自我奮鬥和探索什麼的，那個人講話怪怪的，讓我有點擔心，就問了一下大概在這附近，趕快過來看看。」早上才發生那種事，今天沒有上班的袁政廷就多跑了這趟。

玖深這時候心裡只有對嚴司的各種叉叉圈圈問候。

「等很久嗎？」收到簡訊的時間大概是半個多小時前，玖深感到有點抱歉。

「還好，反正今天也沒事做……怎麼了？」留意到對方突然瞇起眼睛盯著自己看，袁政廷左右看了下，不知道怎麼回事。

玖深抓著臉，想了想，決定還是開口問問：「你家裡有沒有人失蹤？」

「爲什麼這樣問？」

那瞬間，他的確感覺到對方發出了警戒，玖深不動聲色地回答：「我今天在警局有看到協尋公告，有個阿伯輪廓和你好像，聽說到現在都沒有人出面認領。」再度見到袁政廷後，他才發現那份熟悉感是哪來的。

那具冷凍庫的死者與袁政廷很神似，五官乍看之下雖然不像，但是整體輪廓很符合，一些細部如眼角都很相似。

他怎麼就沒聯想在一起呢！太近會看不清楚這句話還說得眞對，難怪第一次遇到袁政廷就老覺得好像在哪邊看過。

「這樣啊……」袁政廷笑了下，「我是聽說我爸不見了，似乎有陣子了，詳細情況不曉得，搞不好玖深你看見的協尋公告就是我爸也不一定。」

「你們沒住在一起？」留意到對方冷淡的反應，玖深跟著人一起結帳離開店家。

「沒有，我住我的、他住他的，年初時他老闆很生氣打電話來說他沒上工，之後就沒消息了。」袁政廷聳聳肩，這樣說著：「那傢伙愛喝酒又暴力，沒有讀過書所以到處打零工、做苦力，薪水也沒拿回家，不是喝掉就是賭掉；家裡開銷都靠我媽在大樓幫人打掃。我從小跟我媽被打到大，我媽前幾年過勞死了，所以我也自己搬出來，渾蛋偶爾會跑來要錢……你看我身上還有小時候被他用菸蒂燙的舊傷。」撩起衣服，他讓對方看見了腹側一整排的傷痕，「背後更多，有次他還拿刀要殺我們，結果我媽擋在前面被砍了一刀，直到死前都還有後遺症，一下雨就痛。」

那種大小和樣子，的確是菸蒂燙傷。玖深也不知道該說什麼，他小時候也被阿母揍過幾次，但是這種純暴力幾乎沒有發生過，阿母揍他大多有原因的。

但是他也並非不了解這些小孩們的苦楚，在工作時遇見的已經太多了，家庭暴力怎樣都處理不完；有心要幫忙的社工們也限於人力不足和家庭本身通報不良、或根本不想聲張等等各種原因所苦，無法很有效地防堵這些事情一再發生。

「所以他死了我還眞不意外。我從小就發誓總有一天會殺了他，好讓我和我媽不用活在他的陰影底下。長大後我媽就這樣死了，我在墳墓前承諾過我一定也會送他下去跟我媽賠罪……可惜沒有親手辦到。」

玖深愣愣地看著袁政廷憤怒驟變的表情，整個人僵住。

很快地，袁政廷平復了下來，改以輕鬆的語氣詢問：「對了，既然沒事，你要來嗎？車隊今天會走另外一條路喔，聽說風景不錯。」

「……要。」接過對方遞來的安全帽，玖深低著頭，躊躇了下，「你是左撇子？」

「是啊，這也有問題嗎？」

「沒有。」

袁政廷笑出聲，「搞不懂你在幹什麼，你這樣不行啦，呆呆的工作上一定常被人欺負。」

「唔……這個嘛……」

「該不會眞的有吧？」

「……」

□

虞夏看著眼前的診所。

根據那三人給他的資料地址，就是這家沒錯了。門口有個不起眼、小小的診所招牌，大門卻是緊閉著的，玻璃也非一般透明的玻璃，而是無法看清內部狀況的毛玻璃。

不知道是臨時外出還是怎樣，總之上面掛著「休診中」，連看診時間表都沒有。

揉著太陽穴，他想了想，正打算直接正面進攻時，突然聽見後方傳來細小的聲響。一轉身，虞夏什麼也沒看見，但還是覺得有什麼東西在那裡。

這種事情以前也發生過，虞夏冷哼了聲，決定不受威脅。

才剛抬腳，手機鈴聲就傳來了，是阿柳那邊發來的簡訊，內容很簡單，就是有重要的事情請他快點回去之類的。

「搞什麼鬼。」回撥了電話，但是撥了兩、三次都沒接通，虞夏也不知道對方要幹嘛，不過會發這種簡訊一定真的有要事，看來得盡快把這邊查完回去。

收起手機，試推了門，果然緊鎖，從毛玻璃往內看也沒看見任何人影。

隱隱約約，他聽見裡面傳來細小的聲響。

並不像成人的聲音，而是輕輕小小的腳步聲，推測大概是很小的孩子在裡面跑動所發出的聲響，數量不只一個，是重疊的複數聲音。

「有人在嗎！」按了診所門鈴，虞夏順勢拍了兩下門。

幾乎在手離開門板的同時，門面突然傳來重物撞上來的聲音，砰地一聲由內傳來，不小的力道讓門板微微震動。

接著，他看見毛玻璃上出現了小小的輪廓，很小的黑紅色面孔擠壓在上面，露出笑。

然後是第二張、第三張臉堆疊上來。

將手按在槍柄上，虞夏冷冷看著開始變得血紅的毛玻璃，「有本事就直接出來，不要裝神弄鬼。」

像是對他的話有反應，門後的東西突然一哄而散，如積木崩毀般，門上的小臉全散開落下，還傳來許多孩童的笑鬧聲；濃濃的血腥味從門縫傳出，深黑色的血液在地面擴散開來。

看著黑血慢慢流到自己鞋底，虞夏皺起眉。

正打算做點什麼，淒厲的尖叫聲突然從診所裡傳來，那是很驚恐的哀號哭叫聲，各式各樣的碰撞聲從診所裡傳來，好像有什麼東西拚了命匆忙逃離，接著所有味道都不見了，低下頭連那灘血也完全消失。

所有的動靜在那一秒完全歸無。

「呦，條杯杯二號好巧！」

他轉過頭，看見小海朝他揮手。

「妳怎麼會在這裡？」

看著朝他走過來的女孩，虞夏又看了眼診所，先放棄直接闖進去的念頭。

「喔，雖然一太哥說你會處理，但還是有點掛心，解決掉那些渾蛋後就繞過來看看。」

小海指指診所，她和她阿兄解決掉跟蹤黃旭光父母的幾個打手後，就各自分開辦自己的事情了，「幾個女客都說這裡會直接辦到好，就連最麻煩的都可以代辦，不過就是得要有人介紹。」

「這樣說起來，孫卉盈和張元翔兩人根本不可能接觸到這方面的事情。」虞夏當然也知道這種檯面下的店家自有一套自己的規矩，像那種小孩，是絕對無法拿到所謂的「介紹」，孫卉盈會來到這邊，應該有其他人介入，但是誰會去動一個單純的國中女孩？而且還不惜做到這種分上？

那瞬間，虞夏突然心裡有底了。

走出走廊，他撥了電話聯繫上小伍，電話一接通，對方的背景音很雜，而且明顯有大量警笛聲。「發生什麼事了？你在哪裡？」

「我在張元翔……那個小男生家裡，剛到，外面都是救護車和消防車。」另一端的小伍聲音放得很大，盡量不讓警笛壓過去，「警消說小男生在家裡放火試圖自殺，幸好鄰居發現得早，只有部分灼傷和嗆傷，現在要轉送醫院，我會跟過去順便幫忙聯繫家屬。」

「嗯，你小心點，另外順便幫我調一些東西……」將自己所需交代給小伍分辨後，虞夏才終止通話。

「有用得上老娘的地方嗎？」小海環著手，看著旁邊的警察，「一太哥說有需要儘管開口。」

「現在應該有吧。」

虞夏轉開頭，看著巷道上不知何時出現、朝他們兩人包圍過來的人們。

八、九個看起來絕非善類的高大男人，有的手上拿著鐵棍、有的乾脆直接拿刀了，不用講他也知道這陣仗代表什麼意思。

如果不是小海被盯上就是他被盯上。

可能也沒預料到會是兩個人，幾個人看向比較後面、可能是頭頭的壯漢。

「那個高中生。」頭頭如此指示，「女的不重要！快滾開！」

虞夏和小海幾乎同時暴青筋。

「你說誰高中生！」

「幹！女的礙到你嗎！」

找死！

下午的小巷子，發生了鮮爲人知的大屠殺。

後來接獲通報前往處理的員警們才發現電話是打手們自己打的，哀號拜託警察快點來抓走他們，他們也就是幫忙打打人混口飯吃，不知道現在的小孩如此凶悍。

接著打手痛哭流涕自己先坦承，是有人要他們去教訓一下診所外的小男生，但是雇主是誰他們眞的不知道，他們就是收錢辦事，請員警快點把他們關起來，和那兩個暴龍般的小男生、小女生完全隔離吧！

這件事情在日後成爲警局中老鳥傳授菜鳥們不要踩到大雷的一個傳說。

□

「那名冷凍死者是袁政廷的父親。」

虞夏回到局裡後，立即找上阿柳。

阿柳調出了檔案，面色凝重地開口：「玖深傳了簡訊回來，給了這個名字，要我幫忙查看看冷凍庫的死者是不是和這個人相關，結果眞的符合。」雖然不知道同僚在搞什麼鬼，但是現在的資訊已經夠讓他們頭大了。「袁阿錳，六十三歲，兼差各種苦工。我請小伍給幾個人力仲介撥了電話，大多都說年初之後就找不到這個人了，因爲也不干他們的事，所以沒人特別去注意；早些年有許多家暴案底，因爲妻子堅持不提出任何告訴，讓他逃過很多次。」

看著螢幕上顯示的資料，虞夏整個青筋暴了出來，不知道玖深到底在幹嘛，這傢伙不工作就給他當土撥鼠亂挖了！

「打聽了下，他的仇人還眞不少。聚賭有欠債，還有喝酒鬧事，常常和其他工人有糾紛，讓工頭也很頭痛，不過是老班底了，又不想讓他餓死，所以都讓他接最低限度的粗工餬口，你們大概要往這方面去查吧。」將整理好的清單遞給虞夏，阿柳聳聳肩，「雖然不是你們的案子。」

「我會轉交給負責人。」

「欸，老大……」

虞夏回過頭。

「雖然不知道玖深在幹什麼，不過他沒有表現上那麼笨。」該做什麼，那傢伙心裡應該都有底。阿柳雖然有點擔心，還是相信自己的友人會有分寸。

「我知道。」

看著虞夏離開工作區後，阿柳嘆了口氣。

說是這樣說，不過那傢伙離車隊太近了，以前應該也沒這樣過，不知道會不會有危險。還是趕快把手上這些事做個結束，遠離這些亂七八糟的事情吧。

看了眼時鐘，時間實在不早了，被扯進這團人的工作方式後，阿柳驚覺自己的加班時間也變多了。

正想先趕快解決那些有的沒的東西，他就聽見手機傳來收到簡訊的聲音，一拿出來看，看到幾張夜景照，還有袋裝零食。

那瞬間，阿柳突然想收回剛才的話。

——那傢伙不只笨，還笨到家了！

離開工作室後，虞夏接到了小伍的回訊報告。

雖然張元翔放火發現得及時很幸運，但在送醫後戰爭才眞正開始。首先是接到消息到來的母親在急診室大聲叫囂怒罵，甚至對幾個要詢問相關訊息的員警動手動腳；接著是晚來的父親開始各種質疑，不讓員警直接接觸到小男生，所以還未好好問到相關問題。

因爲對方還未成年，所以他們的確不能直接扣問小孩子。

虞夏思考了下，撥了通電話給正在休息的友人，請對方務必幫忙跑這趟，他有一些事情希望從張元翔口中得到證實。而且，他非常有把握小孩會配合，這件事的問題並不是出在小情侶身上，而是大人。

所以，孫卉盈才什麼話都沒留下來。

「夏。」

停下腳步，虞夏轉頭看見後方跟上來的兄弟。

「哪，路口監視器畫面。幾個時間都幫你找出來了，載走孫卉盈的黑車的確經常在診所附近出入，最近的時間點也有幾個女孩進出，其中有個熟面孔。」從手邊公文袋抽出幾張放大的擷取照片，虞佟收到消息後，和同僚小組快速過濾了一小段時間的畫面和通聯記錄，連路過的葉桓恩都被拉去幫忙。

看著拉出的畫面，虞夏沉默了兩秒。「林梓蕾？」在葉桓恩的案子中，自稱宋蕙純的表妹，後來消失的那名女大學生？

「是的，核對之後應該錯不了，原來她還在這裡。」葉桓恩事件後，他們也發出協尋，但是一直沒找到女孩的下落，現在卻又出現了，這麼說來，那診所八成也和當時的婦科脫不了關係。「所以你要的搜索票在這邊，馬上可以出發了。」

「這時間他們估計也睡覺了。」虞夏看了眼手錶，還是抽過申請，「還是殺他個措手不及，竟然敢找人來打我。」一想到就有火，要打就算了，還放那什麼話，讓他完全不想手下留情。

「說到這個，都幾歲的人了，好歹克制一下自己。」虞佟接獲下午的通報後直搖頭，幸好對方不知道他是警察，否則又一堆問題和報告處理不完。

「有一半是你那個小海妹妹打的。」那個小女孩下手根本沒比他輕好嗎！虞夏自認出手還沒對方狠，小海簡直就是要把人直接打回原料了。

「……你要和一個年紀只有你一半的小孩比嗎？」

「嘖。」

「對了，林宇驥身上的鞋印報告在後面，另外也一層層分離開不少可用的推打掌印。」虞夏往後翻了翻，將上面的文字讀完後，連同照片一起拍回自家兄弟身上，「你去圍捕飆車族，我出發了。」

「小心點。」的確也打算出發，虞佟不忘多加一句。

「該小心的是他們。」

他要揍死這群新生代。

「你們這些人煩不煩啊！說過幾次不要騷擾我家小孩！你們害得他行爲反常還放火燒房子！我一定要告死你們這些警察！」

急診室裡，婦人依舊在吼叫。

因爲實在是制止不了，護士只能要求他們在空的看診室解決所有問題。

承辦案子到現在，小伍還是第一次看見小情侶男方本人。這個件在前一人手上時，聽說對方也被眼前的家長給痛轟。

張元翔的父親是某家公司的執行長，地位不低，母親則是很標準的家庭主婦，一家生活算得上優渥，還撥出不少錢讓小孩學習各種才藝。

第一眼看見時，小伍就知道完蛋了，那個媽媽就是傳說中很難搞的那種家長，吃好穿好還做了很漂亮的指甲，平常可能也不太做家事，講起話來盛氣凌人，開口閉口就是她納稅人養你們這些警察之類的話……說真的，他還真討厭有人沒事就在那邊說「納稅人養你們」，然後理所當然地罵來罵去。他們自己也納稅啊，小蔦也納很多，而且又不是沒做事，難道一般公司的老闆給薪水就可以每天開口罵員工拿錢養你們這些員工，所以你們要做東做西做到死還要被痛罵嗎？

眞是的，都不怕小孩有樣學樣。

相較於還在罵制服員警的媽媽，躺在一旁病床上的張元翔顯得很安靜，他側過了頭，似乎完全不想看其他人一眼。

就在那家人還在百般阻撓時，急診室外閃進了一個人，快速朝他走來。

「咦？黎檢？」沒想到對方會突然跑來，小伍有點意外，不過還是連忙迎上去，「你不是……」

「我今天下午就開始上班了，雖然下週才能正式碰案子。」黎子泓微笑了下，收到虞夏的電話後趕來，他大致看了現場狀況，很快明白了問題點，「社工和律師來了嗎？」

「來了，站在牆壁邊那兩個就是，剛剛才被張元翔的媽媽轟到旁邊。」小伍也覺得那兩人有點可憐，一來就被罵得狗血淋頭，律師還聽說是父親的什麼朋友之類的。

「那就請他們過來。」吩咐了旁邊的員警先去關上門避免干擾外面其他就診者，黎子泓直接走向張元翔；一看見他的動作，婦人停下怒罵，抓著丈夫馬上衝過來擋在他面前，兩人用異常敵意的表情瞪著他，「檢察官，敝姓黎，請不用緊張。」

「我們不准警方和我家小孩講話，我們有權！」

看著張牙舞爪的女性，黎子泓拍拍衝過來保護他的小伍，讓後者讓開一些，「我知道他很憤怒，但是我並不是要與張同學說話，而是兩位。」

愣了一下，可能沒想到對方是針對自己來的，婦人反而有點瞠目結舌。

「孫卉盈的死亡現場初步勘驗已經差不多都結束了，部分樣本也檢驗完畢，我可以請問您在孫卉盈死亡的當天是否有不在場證明嗎？」黎子泓拿出筆記本，翻看著下午惡補的各種資料，雖然這不是他的案子，但是與顧問縈的交情，讓對方點頭同意他的輔助介入。「張先生人在公司有許多人可以證實，但是張太太當天在哪裡呢？」

一聽見黎子泓的問句，律師立刻走過來，低聲在婦人耳邊講了幾句話，婦人馬上怒視眼前的青年：「我不用回答你！」

「沒關係，這是您的權利。」黎子泓並不以為意，繼續說道：「孫卉盈當日的衣物被竊取後，我們的鑑識人員發現她當天的小外套另外放置於房內。帶回採樣後，發現了一些轉移跡證，包括與張太太頭髮顏色、長度很相似的沾黏毛髮……」

「那個不要臉的小公主常常黏著我兒子，還常常來我家！會有我的什麼東西那是正常的！」婦人低吼著，打斷了黎子泓的話。

「很不巧的是，警方追查這件衣物後，發現那是件新的小外套，孫卉盈當週在一中街與同學散心時購買的，因爲她當時稱說稍微變胖了尺寸不對，所以衣服直到她死亡前一日才送到她家，剪牌還在廢紙簍裡。店員和同學已經證實了這件事，我們也取得寄送單據與店內錄影，照理來說，如果張太太當日沒有見到她，是絕對不可能沾黏到您身上的東西。」翻過了筆記本下一頁，黎子泓瞇起眼睛，「接下來我們會調閱您家附近所有路口監視器與孫卉盈住處附近的監視與通聯記錄，屆時可能必須要請教您更多問題。」

「我什麼都不知道！」婦人發出慘叫般的嘶吼聲。

「眞的是妳。」

冷冷的聲音從另外一端傳來，帶著些許沙啞，原本漠然躺在床上的張元翔不知道什麼時候坐起身，帶著憤恨的目光直視母親，「妳一直說那天沒有看到卉盈，妳騙我！我就知道妳騙我，妳那天根本不在家，卉盈蹺課我就知道有問題，家裡電話也完全沒人接……」

「張元翔！她是你媽媽，講話客氣一點！你現在是什麼態度！」打斷了男孩的指責，站在一旁的父親重重罵道：「大人在處理事情，小孩子插什麼話！」

「你們甚至不讓我跟警察見面！」張元翔瞬間情緒失控，他用力拔掉手上的點滴，沾著血液的手甩開了身上的被單，露出了處理過、燒傷大半的腿部。「我受不了了！你們害死卉盈還想關死我！我承諾過要保護她的！」

「你說這什麼話！你承諾個屁！你弄大別人的肚子我有跟你算帳嗎！我是你媽耶，我還會害你嗎！」婦人尖銳地吼叫著，揚高了音調：「還有，那個小公主怎麼死的我根本不知道！死了就算了，省得年紀小小在那邊勾引男人，什麼隨便的家庭才會教出隨便的女兒，你未來前途差點被那種人破壞了你知不知道！」

「我們都是被妳害的！」

「張元翔！」

「黎檢。」

相較於那邊的家庭大爆炸，接到電話的小伍簡略講了幾句後，匆忙拊耳對黎子泓說，「老大要我調的監視器上面……」

聽完後，黎子泓點點頭，「我知道了。」

轉過頭，那邊還在大聲小聲地吼，他想了想，直接卡進已經快要打起來的小家庭裡，擋住了差點被賞一巴掌的小男生。「先到此爲止吧，我需要兩位與我們一起回去警局一趟，當然請帶上你們的律師。」

「憑什麼！」婦人吼叫著。

「我們的同仁調閱了路口監視器，發現孫卉盈在下了黑色房車後沒多久，您也步行進入該地，我們有絕對的理由相信，孫卉盈的死與妳有間接或直接的關係，更可能是您帶著她到那裡，並支付所有花費。」

「我說過了我沒有見到她！更沒有去診所！」

「張太太。」

制止住婦人想要撲上來攻擊的動作，黎子泓嚴肅起神情，「孫卉盈在哪裡墮胎，至今沒有任何人知道，妳怎麼曉得是診所？我並沒有說到這兩個字。」

原本很吵嚷的室內瞬間寂靜得連空調聲都清晰可聞。

「我、我……」

律師上前一步，攔住了婦人的話。

「總之，請兩位來一趟吧。」

□

聽見車門打開的聲音，楊德丞睜開眼睛。

副駕駛座坐進他載來的人，一落坐後就按著太陽穴，皺緊了眉頭似乎在忍耐什麼不適。

「看你這種速戰速決的方式……真的很不舒服的話，要不要再去醫院檢查一下？」打開了保溫杯，楊德丞遞給對方。

「沒事。」等頭痛舒緩些後，黎子泓才慢慢喝起茶水，「要過去警局，再麻煩你。」

楊德丞發動了車輛，將車滑出車道，同時他家乘客也打開了手機，與電話那端的虞夏對起話。

「撲空了嗎？」雖然多少猜到診所那裡可能會沒結果，不過黎子泓還是有點訝異對方撤得如此之快，就和之前的案子一樣。當時的婦科相關人士在他們開始搜索後也全數消失，至今仍不見蹤影；這次發現林梓蕾再度出現，沒想到又讓對方快了一步。

「他們一定有內線。」電話那端的虞夏罵了句：「跑太快了。」

「我想也是，先就現有的開始搜索吧，晚點見。」交代了相關事宜後，黎子泓才結束通話，便看見收到了一些簡訊，大致都是回報搜索結果。他從虞夏那邊知道兩件案子後，就另外再指派一些人協助加快搜查。

張元翔這邊倒是沒什麼出乎意料的地方，應該說他和虞夏差不多同時發現應該是男方家長有問題，朝這點下手十之八九錯不了。讓他們警戒起來的地方就是診所，包括今天早上虞夏從那隊飆車族中帶回的槍——別說玖深覺得眼熟，他們一看也全都認出來了。

那是先前就出現過、帶有專屬記號的槍枝。

從抓回來的飆車族與改裝車輛判斷，有人在背後提供那些青少年金錢，他們與一般飆車族的等級不太一樣，部分攜有高純度毒品，被小海他們砸爛的幾台機車上也有，光是一點點就可以喊出很高價碼的上等貨色，這不是那種年紀的小孩輕鬆可以拿到的東西。

另外，飆車族那幾人從被抓到現在，態度有恃無恐，根本不在意會怎樣，問什麼都不回答，應該也是有人指點過。

完全不單純。

「小黎……我們要繞路嗎？」打斷了友人的思考，楊德丞其實有點冒汗，開始怨恨爲何不是嚴司那渾蛋來蹚渾水。

「怎麼了？」

「有人在跟我們。」

看向後照鏡，黎子泓果然看見有兩台機車跟在他們後方，不近但也不遠，速度一致地跟著。

還沒做出反應，對方似乎也發現他們察覺到了，紅色的改裝重型機車與銀白色的摩托車突然催動了油門，一左一右筆直衝來，接著擦過楊德丞的車，挑釁般衝了過去。

衝出一段距離後，白車的騎士半回過身，舉起左手。

「靠！」

眼尖看見對方手上的東西後立刻用力踩下煞車，楊德丞緊緊抓住方向盤，整台車失控打滑好一段距離，最後撞在分隔島上。

幸好這時段路上並沒有其他車輛，他們的車在撞上分隔島後就完全靜止了。

雙車遠去後，楊德丞才打開車門，暈頭轉向地走出去，順便將旁邊的黎子泓也拉出來，兩人一起看著引擎蓋上的小洞。

「這是警告你還是警告我？」楊德丞自認沒做過什麼會被開槍的事，他是比較有立場去開別人槍，例如嚴司、還有嚴司，以及嚴司。

看著被槍擊的車輛，黎子泓沉默了幾秒，才開口。

「警告我。」

「玖深哥，這給你。」

看著清晨天空即將開始轉變的景色，正在發呆的玖深被一喊才回過神，看見了一太正拿著個紙杯等待他。

「謝謝。」連忙接過還在冒著熱氣的杯子，玖深握住溫暖，發現是熱可可。

「不用謝，那是大溫他們帶熱水來沖的。」示意對方看了下正在發剩餘飲料的方向，同樣也握著杯子的一太在旁邊坐下來，「玖深哥應該很少這樣和車隊出來玩吧。」

「嗯，算是第一次，以後應該也很難吧。」這幾天跟著到處飄蕩算特例了，玖深自己也知道這只能短期，很可能也就這麼一次機會而已，所以很珍惜這一小段特殊的時光。

一太微笑了下，沒多說什麼。

「對了，你這樣天天出來跑沒問題嗎？」曾問過其他人，玖深知道眼前的大學生這陣子都在押車隊，一般學生就算混得夠凶也不見得可以這樣吧，偶爾出來還好，但是每天都這樣，身體很容易吃不消。

「和你一樣，只是短時間，也差不多快結束了。」看著正在遠處講電話的袁政廷，一太說道：「畢竟這不是我的車隊，林宇驥死了，但還有另一個看顧者，他會回來的。」

「宋鷗嗎？」

「嗯。」就算宋鷗沒回來，大溫也會關照著，直到下一個領首產生吧。如果不是延續下去，就是從此解散，直到新的車隊又組出來。所以一太倒是不太擔心後續發展，畢竟這種存在差不多就是這樣。

「……那你家裡不會擔心嗎？」玖深小心翼翼地開口，他知道上次和這次來接大男生的都不是他父母，好像是他家不知道什麼人來，就覺得他家好像也有點微妙。而且小孩混入這種很多雜事的領域，家長都不會緊張的嗎？

「這個嘛，到底會不會擔心呢？」

「呃……」

看玖深呆滯的模樣，一太又笑了下，邊喝著飲料邊開口：「開玩笑的，我父親因爲經營公司的關係必須定居在國外，不太清楚這邊的事。媽媽則是很久以前事故死了；爸爸在我高中時再娶，是個很漂亮的當地美女，上個月才生了第二個妹妹，像洋娃娃一樣很可愛。」

「你家就讓你一個人住在這邊？」有點訝異於這種狀況，玖深覺得難怪這個男孩超獨立。

「不，他們一直堅持要我搬過去呢，但是我喜歡這裡，所以半強迫地威脅父母讓我留在這邊。」對於自己的手法有點得意，一太愉快地說：「父母有撥置生活費，家裡也有幫忙管理和打掃的人，所以生活還算挺不錯的。」有時候還和父母諜對諜，他們老是想刺探自己在這邊的生活，然後吹毛求疵找缺點強迫他搬過去，所以他也跟著防堵著當飯後休閒玩。

不過上次眼睛的事好像還是讓他們大爆發，一度要強制動用關係，幸好自己堵得快。

看著模糊的景色，一太勾起唇角，摺平了喝完的紙杯。

「這樣眞的沒關係嗎？」既然不是因爲家庭成員變換的排擠問題，玖深有點不解對方何以要留下來。如果是從高中開始，那個時期應該還是和家庭在一起比較好吧？

「沒關係，如同剛剛所說，我喜歡這裡，不管是土地還是人、食物，所以搬去那邊會有點困擾呢。」一太豎起手指，有點正經地告訴對方，「你想想，如果在海外想吃麻薏、愛玉、碗粿等等這些東西時，卻怎麼都找不到，這樣不是很困擾嗎？」

「咦……咦？呃……是有點……」爲什麼是麻薏？玖深整個呆掉。

就在思考麻薏問題時，交換完情報的阿方走了過來。

「時間差不多了，車隊大致上已解散，要回去了嗎？」阿方打了個哈欠，看下手錶。

「好的。」一太站起身，接過安全帽，「玖深哥，小心你的腳。」

沒想到對方竟然有注意到他前兩天拐到腳，玖深有點小感動，「好，你們自己也小心點，下次見。」

點點頭，在車隊的人幾乎走光同時，一太與阿方也離開了。

「這時間，玖深你要不要乾脆先去我家睡啊，我家比較近。」袁政廷把車子牽過來，邊遞安全帽邊說：「看你的臉色好像也快陣亡了，如何？」

的確，折騰了整天又通宵下來，玖深也覺得自己快倒了，想想便點了頭。

如袁政廷所說，他的住處近了不少。

下山後又騎了一段路，就到了屋齡有點老的舊公寓社區。

清早時分周圍還有幾個老人家在做運動，停好車，袁政廷領了人進入公寓。

玖深打量了下，這裡已經被公寓擁有者改建過，每層樓都切割出許多單人套房，看來是專門租給學生或單身想省錢的上班族，所以環境條件並不怎樣，不過每間套房都有獨立的門鎖就是。

打開其中一間，袁政廷點亮燈，「鞋子隨便放著就好。」

套房裡的東西其實不多，這讓玖深有點驚訝，沒想到一個大男生，房間竟然這麼整齊，除了日常必需物品外沒有太多雜物，垃圾看起來也有按時倒，房裡沒有一絲紊亂。不過空間不太大就是，約兩、三坪左右，擺了床和小家具後看起來有些狹窄。

屋主先進去翻出備用枕頭，玖深便坐在玄關慢慢脫鞋子。

然後他留意到，雖然被清理過了，但門後的隙縫處有些許黑色的土壤，還有碎開的部分葉片。

「家裡剩開水，廁所在你脫鞋子的旁邊，弄一弄就可以睡了。」翻出了換洗衣物借給對方，袁政廷從矮桌下找出袋裝麵，「要吃泡麵嗎？還是我去附近買個吃的，現在早餐店應該都開了。」

「不用了，謝謝。」玖深接過衣物，盯著對方的手半晌，「你好像也常常受傷。」

「對啊，工作常常搬上搬下；車隊偶爾遇到像前兩天找麻煩的也會打架，習慣了。」袁政廷聳聳肩，看了下自己新舊傷交錯的手掌，「不過都幾天就會好，沒什麼。」

房間裡沒有擺設相片類的東西，洗完澡出來換人時，玖深再度感覺到那種視線感。

比起前幾次，這次好像沒那麼強烈，但一樣恐怖，幸好廁所裡有人，加上已經白天了，好像還在可以忍耐不至於撞牆跑出去的地步……錯了，還是很恐怖。

視線感來自門邊，玖深連滾帶爬地縮到狹小空間的另一端，緊張地看著空無一物的套房。

他就是怕把這種東西帶回家啊可惡！

幸好這次沒有維持太久，袁政廷一打開廁所門，視線感整個消失了。

「你在幹嘛啊？」屋主有點奇怪地看著蜷在角落的客人。

「沒……沒事……」玖深鑽進幫自己準備好的被窩裡，一放心之後睏意立刻浮上。

等睡醒之後，就該做一個結束了吧。

□

室內氣氛非常火爆。

孫卉盈的死與張元翔的母親有直接關係。

相關通聯記錄經過徹查後，發現了張元翔的母親先找上診所。知道小女生懷孕後，她向幾個朋友打聽，問到了這家什麼都可以包辦處理的診所，只要付得起錢，診所什麼都不會過問，還會派人去接人把事情做到好。

「但是！是那個小公主自己自願去的！」

婦人坐在室內，惡狠狠地瞪著對坐的虞夏和黎子泓，「才十五、六歲哪知道什麼懷孕！她自己也不想要好不好！嚇個半死來求我、拜託我，要不是因爲我兒子，我才不想花錢！」

「我們知道的可不是這樣。」

虞夏拿出了幾封在證物袋中的信件，桑琪亞幫忙找出所有來信後，好心地替他們排出了日期的順序，甚至也找到了最近幾次的電話錄音，終於在裡面找到孫卉盈最後想留下來、卻又不敢寫上去的事情了。

「孫卉盈在寄到電台的匿名信中直接指明了『戀人的母親承諾未來絕對會給她一個名分，雖然要做的事情很恐怖，但是爲了那個未來和承諾，她會努力度過難關』。」

雖然很恐怖，但是他媽媽説沒問題的，未來一定會很美好。

只要現在先按照她的話做，她會接納我成爲他們家的一員，所有事情她都已經幫我安排好了。

在現場電話連線錄音檔中，也記錄到了小綿羊如此不安的聲音。

姊姊雖然不知道妳發生了什麼事，但如果感到不安的話，要先找身邊的家人商量喔！有些事情絕對不可以輕易下決定，不要被騙了，妳一定要好好想清楚，如果覺得恐怖又不敢向家人開口，至少先和妳最信任的朋友商量，千萬千萬不要做傻事啊！

桑琪亞這樣回應著。

之後沒多久，通話就結束了。

隔一天，孫卉盈的通聯記錄出現了黃旭光的電話，她在臨行前反悔了，打了電話給黃旭光，但最後還是上了黑色房車，被載往診所。

「我想，卉盈該不會是還記得小時候的那個承諾吧……我們剛開始上珠算課時才一年級，我跟她說，我媽媽說要保護女生，以後如果有人欺負她，我就幫她討公道。」

聽過電台錄音後，黃旭光在父母身邊很悲傷地這樣表示。

「不過，我是眞的想幫她討公道，但是我不知道爲什麼會變成這樣。」

把這件事告訴林宇驥後，林宇驥不知道做了什麼判斷前往探查，就被封口了。

所有事情的起源就在這裡。

虞夏看著婦人，攤開了信件，「妳還要繼續說謊嗎？我們在妳和孫卉盈的鞋底都找到一樣的附著物，與診所裡的採樣一致，妳們當天根本都去了一樣的地方……甚至還在診所裡找到妳的頭髮呢。另外，停屍間的錄影畫面調出來了，清楚拍到偷竊衣服的竊盜犯，轄區一眼就認出來了，是個流浪漢啊，問過之後就說有個女的拿錢給他去偷東西……」

「那你去找證據啊！」用力拍上了桌面，婦人尖銳喊叫：「能證明是我殺了那個小賤人再說！她想毀了我兒子的未來！去死剛好而已！但是偏偏就不是我殺的，你們有本事證明再來說啊！在那之前，自己慢慢去跟我的律師談吧！」

「這是當然，我們有的是時間。」

虞夏闔上檔案，冷冷開口：「就怕妳不敢談。」

「我隨時奉陪！垃圾！你們這些浪費納稅人稅金的米蟲警察！」

離開了偵訊室後，虞夏兩人在走廊上碰見了孫卉盈的父母。

才短短幾天，孫父的頭髮已經幾乎半白，看起來像是一夕之間老了非常多。

兩人臉上露出了一種結束了的表情，交握著手，輕輕朝他們一點頭。

他們只要一個內心的結束。

即使很痛苦，但是他們已經知道爲什麼了。

「他們可能得不到相應的結果。」

送走了孫家父母後，黎子泓也不免嘆息，「雖然相關，但張元翔的母親的確沒有親手殺人，我們最多只能證實她哄騙了孫卉盈去墮胎。」在現今的律法體系，加上醫療疏失、死者本身有先天性體質問題，可能就連那診所的密醫也不見得會被判多重，更別說對方已經逃得無影無蹤了。

「道德上的凶手。」形同眞正的凶手，卻不能給予相應的刑期。虞夏握緊了檔案夾，雖然這邊已經結束，卻無法輕鬆。

直到剛才，張元翔的父親仍不斷在打電話，要找其他律師來幫妻子護航。

孫家的父母，在這時候應該會回到家中，默默流著眼淚拆除封鎖線吧。

今天開始，他們就會整理已經失去主人的房間了。

桑琪亞在電台上也請大家爲不會再回來的空中友人默哀一分鐘。

「雖然小孩子有錯，但不應該是這種結果。」

虞夏嘆了口氣，這種年紀的孩子還相信著強烈而單純的事物，嚮往著美好的未來與愛情、自我感受，不管是哪種孩子總是會有一小部分踏錯腳步，但不該得到這種結局。他們可以重重地絆倒痛苦到滿身都是傷、也可以哭號哀叫沒人理睬，之後將這些事情全當作教訓，接著長大成人，進而繼續活下去爭取未來的可能性，並非就這樣永遠暫停時間。

那些錯誤用這種結果當懲罰，已經超過太多了。

現在想想，幸好他當初明說了他家小孩要是搞出什麼破事，他就宰了往馬桶塞，所以虞因倒是沒錯踩亂七八糟的事情，也沒亂招惹女孩子，這點算是很大的安慰了。

「黎檢、老大，你們過來一下。」

繞出了走廊，遠遠就看見阿柳冒了出來，「有同事幫忙復原了林宇驥那塊記憶卡，雖然救回來的地方不多，但問題很嚴重。」

黎子泓和虞夏互相對視了下，加快腳步跟著進實驗室。

實驗室裡已經站著一個穿著實驗衣的年輕女孩，見到兩人並打了招呼後，問道：「阿柳學長，可以放了嗎？」

「嗯。」

女孩彎著腰，調出復原的檔案記錄，並沒有很多，但虞夏一看就瞇起眼，「這是……」

那是一筆記錄檔案，與他們之前在葉桓恩案子上拿到的一樣，符合點非常多，當中還有幾個中部的住址，其中一個就是診所了。

「你認為林宇驥在調查什麼？」黎子泓皺起眉，同樣認出了關聯性。

「組織。」與他們一樣，林宇驥發現了診所背後有組織，但不曉得他是從何開始起頭的，很可能是經由孫卉盈的案子發現，他在下載這些檔案後遭到殺害，最大的可能性就是那些飆車族下的手，那些飆車族是組織下游吸收處理雜事的團體之一。

「還找到了這些。」阿柳打開了旁邊的視窗。

跳出來的是好幾張相片，虞夏的相片……一樣的照片出現在被他和小海打扁的那些打手身上，對方也是從雇主那裡收到的；然後是葉桓恩、黎子泓、阿柳，最後一張是玖深，這些全都是在辦案中被側拍的照片。

「預計要動案子的成員，快點聯絡玖深。」黎子泓立刻撥出葉桓恩的手機，很快就得到對方還在警局裡的回答。

「玖深的手機打不通。」看著又無法接通的號碼，阿柳眞的想掐死對方。

虞夏拿出手機，幾乎在同時接到雙生兄弟的電話，「嗯？大致上都抓到了……了解，領頭者跑了？」

飆車族被虞佟那邊的小隊全數擒獲，但是在那之前已經跑失了幾個人，包括飆車族的首領。一一盤問後，才發現除了車隊核心幾人，其他的根本都一問三不知，不然就是完全拒絕配合；不過還是問出了車隊的開銷全都是染金髮那個首領拿出來的，他有非常多的錢，負擔整個飆車隊的資本，但是沒有人知道他的錢是從哪裡來的，就連那個綠毛也不知道。這支車隊只要聽他的話辦事，每個人都可以分到很多零用錢，所以吸收越來越多相同的小孩加入。

而這些人全都不曉得車隊的背景。

在虞佟進一步深入追問之下，陸續有幾個人承認了圍打林宇驥，也目擊了林宇驥被殺死的過程，有些人當天心裡害怕，很快就離開了。

事後那名金毛首領也用這點威脅眾人，因爲所有人都參與了這件事，他們只能永遠跟著車隊，不然就是等著被整死。所以他們只能完全地服從。

「馬上去找人。」黎子泓立刻開口，正要打電話報告這件事時，外面傳來匆促的腳步聲，接著小伍闖了進來。

「老大！不好了，剛剛檢察長在餐廳外被槍擊……啊，黎檢！」小伍愣了下，連忙從驚訝中回神，「不過沒事，只擦過手臂，可是在場警備全都沒發現槍手，現在正要調記錄。」

那瞬間，黎子泓直接聯想到那一紅一白的車手。

「他們已經知道我們的內部消息了，先聯絡上玖深。」還不曉得是從哪裡外洩的，虞夏嘖了聲，轉頭正要離開實驗室時，室內電燈突然完全暗了下來。

像是電力不足般，原本很明亮的燈黯淡後一閃一滅的，連電腦螢幕也開始跳動，周圍各種機械彷彿發出不安的聲響。

螢幕上，閃過了小女孩的照片。

瞬間認出了那張被水泡腫的懸案照片，虞夏嘖了聲。

□

「小聿，我出門一下。」

抬起頭，正在準備麵團的聿看見本來預計今天要在家裡製作細部部分的虞因拿起背包，匆匆走到玄關，他連忙將麵團塞回盆子裡，跟了出來。

「……我剛剛在電腦螢幕上看見一個小女孩。」虞因看到的時候有點驚訝，那個女孩之前他也見過，就在停屍間，當時他還和玖深說看看是不是有溺死的小女孩，請家人快點帶回去之類的話，「不知道爲什麼眼皮一直跳。」

封起麵團放進冰箱後，聿很快洗乾淨手，拿起背包跟上去，「一起。」

「走吧。」

他們是在下午離開住家。

雖然不知道目的地在哪，但虞因隱約聽見了水聲，像是有人在水中掙扎的聲音，帶著困惑、無助、害怕與恐懼，輕輕依附在他身邊。

「我會盡力幫你們，雖然只能在我做得到的範圍裡。」雖然還是對自己想要的有些迷惑，但是虞因大致上知道自己應該怎樣調適了。

沒關係。

我不需要大哥哥勉強自己。

玖深哥哥說好會幫我的，我相信他喔。

帶著殘缺的面孔，小女孩笑嘻嘻地跑掉了。

看著淡淡的身影，虞因深深吸了口氣，然後催動油門。

他們還有許多事情該做，他最好不要再停留原地了。

「不過，玖深哥應該不會嚇死吧……」

他的第一件案子……

跟好久啊！

□

「哈啾！」

袁政廷回過頭，有點好笑地看著身後乘客，「玖深你沒事吧？」

「沒。」玖深抹抹鼻子，覺得大概是被某法醫講壞話了。

「你會不會是早上在我家睡覺著涼了？我起床時看你連被子都沒蓋。」在路邊攤停下來，袁政廷向攤販點了兩杯熱飲。

「這樣說起來好像還眞有點暈暈的。」玖深掏出皮夾，連忙結帳，「不過你今天不用工作嗎？」他是被主任直接丟了一封暫休的簡訊啦。寄宿睡了一覺後，一早袁政廷起床抓著他去吃早餐，之後就到處遊蕩了，看起來對方好像也不用上班的樣子。

「我排休。」袁政廷淡淡地回答，喝完飲料後壓掉杯子，直接拋投進旁邊的垃圾桶。

握著溫暖的杯子，見青年還沒有要立即出發的打算，玖深爬下車座，站在一旁，「那你要去確認你父親的遺體嗎？」

「……不必了，我想是他沒錯，不然他幾乎按月都會來我工作的地方鬧事要錢，已經很久沒出現過了。」熄掉火，袁政廷笑了笑，「他消失那天開始，我就沒啥好牽掛了，人生一片輕鬆，過自己的生活，做自己想要做的事，所以我再也不想看到他，就算屍體也一樣。」

「那你要付出什麼代價？」

「……」

將喝完的杯子放進垃圾桶後，玖深爬上後座，「回頭？」

袁政廷搖搖頭，「繼續往前走吧。」

機車再度被發動，然後不斷向前奔馳著，周圍的風景也開始變得偏僻。

「我向我媽承諾過，總有一天要讓那個傢伙消失在世界上。」

吹著冰冷的風，玖深聽見從前面飄來的話，幾乎沒有任何溫度。

「然後我遇到了。既不是朋友也不是敵人，他主動聯絡上我，說他滿喜歡殺人的，當作娛樂，他可以順手幫我處理掉那個人，不會有任何人起疑，也不會找到證據，而且他還要送一份禮物給我。」

「禮物？」抓緊了騎士的衣服，玖深注意到機車速度越來越快。

「那個人手上有很多情報，他說我有個堂妹，在她出生時因爲姑姑死了、姑丈根本不知道是誰，於是就被那傢伙用幾萬塊的價位賣給別人，他給了我當時的資料。」看著不斷飛逝的風景，袁政廷握緊了把手，「早在十幾年前，買走我堂妹的那對男女就出車禍一起死了，然後堂妹又被轉手給別人，之後逃家被帶走，就這樣失蹤了。我加入車隊後，林宇驥和宋鷗知道這件事，就說要幫我查看看，他們也有自己的管道，所以我就等，一直等待……好不容易有了消息，沒想到林宇驥竟然死了。」

「但是你卻在屍體上補刀？」

「……」

「你爲什麼要配合那些飆車族？告訴他們黃旭光在大溫家的，也是你、不是嗎。」從留意到一些不尋常的細節開始，玖深就一直注意對方的一舉一動，包括他頻頻打電話或發簡訊的動作。那天在腳踏板看見不科學……不科學的影子……那個影子是死人的姿態。「爲什麼你要把林宇驥埋起來？我在……我在你家看見了和那邊很像的土啊。」

「……玖深你這種個性眞的很容易吃虧，你身邊的人一定經常把你當小弟或是好支使的方便跑腿在欺壓吧。」哪有人說著說著就開始掀底牌的啊。袁政廷好笑地直搖頭，同時對於接下來會發生的事，感到了無限歉疚。

「不，不管是老大還是阿司，大家都很照顧我。」玖深正色說道。雖然虞夏會扁他，但是出發點都是爲了他好居多，而且常常丟零食點心給他，雖然說是吃掉他櫃子儲備糧食的歸還，不過都還很多、超多的；阿司雖然眞的常常在欺凌他，可是犯賤完都會找東西來補償，單價還都不便宜，也很留意他喜歡的口味。另外像阿柳、黎檢、虞佟甚至是小伍他們，每個人都很關心他。如果眞的只想當他是跑腿小弟什麼的，根本不會在意他的一舉一動吧，也不會他一撞玻璃就幾乎大家馬上都知道，連路過的員警都會慰問他兩句，「我身邊的，全部都是好人，我沒有你說的那麼吃虧。」

所以他很喜歡現在的工作，唯一的缺點就是有不科學的東西會飄。

……人生眞的有一好沒兩好。

「雖然這樣說，但是你遲早會被賣掉吧。」

「你怎麼和阿柳說一樣的話啊……」

他有這麼一臉好賣嗎？

「先賣掉你，我眞的很抱歉。」

煞住了機車，袁政廷沒有回頭。

他們停在相當偏僻的山區，柏油路到此爲止，蜿蜒的小路直入眼前的樹林，幽暗的道路前方，玖深看見眼熟的面孔。

林梓蕾站在那裡。

「綁起來。」

握著槍對準玖深，林梓蕾看了眼袁政廷，將手邊的尼龍繩球拋給他，然後向前搜出玖深身上的手機，拆解掉電池後丟在路邊，「他早到了，走吧。」

依言把玖深的手向後綁好，袁政廷拉著對方，跟著女孩走進樹林小路，「接應的還沒來嗎？」

「還有一會兒。」走在前面的女孩不時回頭，確認沒有問題，「是你自己說要加入的，那就不要給我們搞鬼，我們不會手下留情。」

「我也達到你們的要求，到手的不就是你們最想要的實驗室人員嗎。」袁政廷聳聳肩，有點好笑地說道。

「哼！」

甩過頭，林梓蕾繼續前進。

「呃，那個……」

「閉嘴！」低聲朝旁邊的玖深瞪了眼，袁政廷警戒地看著前頭專注尋找約定路徑的女孩。

「你綁得沒有很緊耶……」玖深把手伸出來。他常常拆繩子，所以馬上就解開了，而且對方還綁得有點鬆鬆的，很快就拆掉了。

「……你不會裝有綁好嗎！」袁政廷眞想掐死對方。

「那、那拜託再重綁一次。」糟糕，他不會給對方惹麻煩吧？

「……」

持續向前一小段路後，林梓蕾領著他們轉了方向，最後走到一處相當荒涼的廢棄工寮。看起來似乎已經很久沒使用了，鐵皮屋本體非常破敗，不但沒有門窗，就連牆面與屋頂都有不少破洞，但是玖深注意到地面異常乾淨，像是近期曾打掃過。

踏進去後，他就看到另外一個也很面熟的人了。

當天在廟前堵他們的飆車族首領，那個金毛少年焦躁地在裡面走來走去，地上扔了不少的菸蒂，「接頭的人怎麼這麼慢，我的車隊全都被賊頭抄掉了！該死！」

「你還敢說，如果不是因爲你搞成這樣，我上次的錯就……」猛地止住有點憤怒的語氣，林梓蕾勾起冷笑，「反正現在手上有警察的人，我就會沒事。」

金毛狠狠瞪了過來，玖深愣了下，也不知道該怎麼反應。接著金毛看向袁政廷，「林宇驥最後是讓這個姓袁的去處理，他自己發誓會表現給我們看，屍體不知道怎麼冒出來，你們應該找他算帳！」

「『他們』指明是你要處理，你以爲他們眞的會找新人麻煩嗎？上次魏姊因爲康哲昌的事情就是這樣被處理掉的，你自己先想個理由吧。」有點幸災樂禍地看著金毛，林梓蕾向袁政廷抬了抬下巴，「接應的人傍晚到，你先把這個警察帶進去裡面房間，看好他。」

袁政廷抓著玖深的肩膀，押著對方走進比較內側的房間。

雖然說是房間，但也破爛到幾乎只剩鋼骨了，不過也打掃過，地面上一些枯葉雜草都被掃去外面了，只偶爾看得見一些小蟲在那邊跳來跳去。

看著空空的房間，玖深乖乖地自己去角落邊坐好。

「我沒有殺林宇驥，我不可能傷害他。」

在玖深面前蹲下，袁政廷低聲開口：「我到場時，他已經死了，是被外面那傢伙踢死的……根本來不及……他因爲黃旭光和我的事情落到這種下場，我唯一能幫他的就是現在這些事情，不能讓他的死白費。」抬起左手，上頭還有未復元的傷痕，「把刀子刺進他的身體時，我向他承諾，我一定會要凶手也付出代價。」

「他們說的魏姊是誰？」大致上可以明白事情經過了，玖深也壓低聲音。

「不知道，但好像是什麼婦科的醫生，聽說之前被撤換下來，之後就消失了，這是林梓蕾說的，我在埋葬林宇驥的第二天，他們就介紹我認識林梓蕾，他們是……」

「你們在講什麼！」

袁政廷立刻噤聲，轉過頭，看見正踏進來的林梓蕾，「我只是告訴他不要想逃走。」

「不想皮肉痛的話，就乖乖合作吧，像袁政廷一樣識時務點，說不定他們喜歡你就會把你一起吸收進去呢，反正警察裡也有我們的人。」扠著腰，林梓蕾歪著頭，露出有點輕視的笑容，「反正你們這種人，只要給的錢夠多，做什麼都願意的吧，之前還有人願意跪著接錢呢。」

「……」玖深轉開頭，決定不要理會挑釁，他被某法醫訓練夠久了，可以坐定無視。

見對方全無反應，林梓蕾有點自討沒趣，只好轉向袁政廷，「他們要我先教你聯絡，你把這個人綁在那根柱子，綁緊一點，然後出來找我。」說完，她逕自轉出了房間，往另一個位置走去。

確認對方走進另外一個隔間玩手機後，袁政廷依言把玖深綁到旁邊，「對不起，還有你自己看著辦了，既然是警察應該逃得掉吧。」

「等等。」用腳絆住正要起身的青年，玖深很認眞地看著對方，「你到底什麼時候知道我是警察的？」他阿母常常罵他沒有警察的樣子啊！不開口，沒半個人猜得出來啊。

「一開始，林梓蕾他們有你們的照片。」有點苦澀地笑了下，袁政廷看向對方還貼著透氣膠帶的額頭，「我是故意撞你的，對不起。還有，放花那天，發簡訊的事是我胡謅的，你並沒有傳給我。」他的確是要利用對方來深入這宗案子，不管在哪方面都是。

啊……所以才會對自己這麼好嗎？

雖然才認識短短幾天，對方卻很照顧他，而且還很好心、有耐性……是因爲這樣啊。

玖深低下頭，「沒關係，原諒你。」

「你自己小心點。」

袁政廷也走出去後，玖深呼了口氣，振作起來。

剛剛綁得好像比之前緊，但是還是可以拆掉，他沒事會跟阿柳比誰拆繩子拆得快，因爲在現場常常會有一堆亂七八糟的打結物，他都練到可以閉著眼睛拆，這樣綁在後面倒過來也沒問題。

解開了尼龍繩後，他按了按有點痛的手腕，屋內其他人都沒注意到，從破洞看出去，可以看見金毛在最外面焦躁地抽菸，林梓蕾和袁政廷在另外一端的房間，要跑過來都有一小段距離。

小心翼翼地矮下身往後縮出去，玖深慢慢退進了不遠處的樹叢裡。

天色已開始昏暗，如果好好移動和找藏身點，應該有很大機率可以甩掉那兩個人。

雖然是這樣打算的，但在身後傳來某種視線感時，玖深又快流眼淚了。這到底是該不該回頭……他覺得衝入很多不科學東西的懷抱裡，還不如被綁在那裡算了啊！起碼壞人是活生生的人類啊！

內心一動搖，就覺得視線感更明顯了，而且竟然還有點開始往他這邊移動的傾向。

摀住自己的嘴巴不要慘叫出來，玖深很抖地四下看了看，看見工寮外扔著大型廢棄鐵箱，他就邊抖邊慢慢先移動過去那邊躲藏。

這種狀況他逃不了多遠，先藏起來再說。

可怕的是，視線感也跟過來了，幸好沒有跟著他進鐵箱，就在外面繞。

連忙在心裡不斷背著忘得差不多的大悲咒和元素表，玖深用力閉著眼睛、蜷著身體，阿彌陀佛地希望不科學的東西快點放過他一馬。

時間不知過了多久……可能很短，他在一片黑暗中聽見了摩托車和機車引擎聲……等等，車可以騎進來這邊，可能附近有路可以通向馬路？

還沒思索完機車行進方向，他就聽見林梓蕾的尖叫聲了。

「人呢！快去找出來啊！」

從鐵箱的隙縫，他看見完全黑暗的天色，以及工寮內打亮的三道手電筒光線，有兩個跑了出來，從他附近過去的是袁政廷，比較遠一點的應該就是那個金毛了。

屏住呼吸，那瞬間玖深聽見了細小的跑步聲，突然就這樣響了起來，一下子竄進反方向的樹叢裡，引起金毛的注意，「快追！」

他很確定剛剛四周眞的沒有其他人，但是玖深完全不想去猜測是什麼在跑……應該是山上什麼動物吧！山上野狗很多！

一這樣想，樹林裡到處都傳來窸窸窣窣的移動摩擦聲，有近有遠，都離他有一些距離；而追出的兩人顯然也搞不懂怎麼回事，就看見兩道光分開深入樹林了。

兩個男的離開後，靠近的機車聲終於在工寮前停了下來，大亮的車頭燈打進了工寮裡，讓玖深也可以清楚看見那裡的狀況。

一輛紅色的改裝機車，一輛銀白色的摩托車。

……然後兩部他都覺得很眼熟。

「火、火虎……」林梓蕾的聲音都顫抖了，顯然很害怕那兩名各自從車上下來的騎士，「我可以解釋，那個警察剛剛才跑掉，跑不遠……」

白色的騎士抬起左手。

林梓蕾都來不及求饒，一記槍響之後，就這樣倒了下去。

紅色騎士看了眼地上慢慢擴暈開的暗紅色血液，朝同伴抬了下手，後者收起了槍枝，走出工寮，四下看了看，開始往玖深這邊接近。

同時，紅色騎士也往另一邊搜索，而且動作很粗暴，隨便撿起了鐵棍就往可以藏人的地方捅。

再次感到了先前被關的恐怖感，玖深不自覺顫抖起來。

手和肚子好痛……

還來不及思考其他事情，鐵箱門板突然被人一掀，光照了進來。

瞬間，他看見白色安全帽鏡片後的眼睛整個瞪大，他嚇得完全不敢動彈，連遺言什麼的都空白一片。

錯愕了短暫兩秒，門板猛地直接在他面前摔上。

騎士一轉身，紅色的同伴也很快地走回去，兩人在工寮前碰頭，白色騎士對著同伴搖了搖頭，兩人雙雙回到自己的車上，發動了還未冷卻的引擎，像是咆哮般的聲響就這麼衝出了工寮空地。

確認騎士遠去後，玖深整個人癱軟，有好長一段時間直在發抖，接著才打開鐵門，讓自己移動出去。

總之，要趁這個時間趕快逃走。

視線一直追逐著他。

玖深跌跌撞撞地努力向前跑，卻壓不下心裡的恐慌，他一停下腳步就覺得後頭的不科學往前追，逼得他只能一直前進。

依循著引擎聲消失方位的印象在黑暗中摸索，在撞得全身都是擦傷、不知道走多久後，他整個人往前一摔，就摔在鋪平的道路上了。

這裡是可通行的路，不是他們來的那一條，往前走了幾步後就出現柏油路了。他的猜測果然沒錯，只是不曉得會不會順利通向大馬路，也不知道接到哪邊，而且之前扭傷的腳現在也痛了起來，一跑就傳來刺痛。

趴在地上正想稍微喘口氣，某種冰涼、觸感超像手指的東西突然摸上他扭傷的位置。

「哇啊！」

玖深慘叫了聲，連滾帶爬整個人彈跳很遠，黑暗的路上什麼都沒有，他被嚇到完全不想休息了……爬也要爬走啊啊啊啊！

用力深呼吸個幾次，他繼續往前摸索路徑。

其實可以看得出來這裡白天應該有人進出，柏油路有使用的跡象，所以可能走著走著會遇到人、人吧……

接著他真的遇到人了。

在完全沒有心理準備下，路邊的黑色樹叢中跳出個人影，挾著憤怒凶暴的氣息重重將他撲倒在地，還來不及防禦，肚子就吃了一腳。被硬底鞋踹到真不是普通的痛，加上對方還真的卯足了力氣踹他。

第二腳踢過來之前，玖深便翻開身體，連忙掙扎地站起。

手電筒的光打在他臉上，他看見了金毛少年憤怒到扭曲變形的臉，半隱藏在黑暗中的面孔，其實並沒有比那些不科學的東西好看，而且這讓他的腦袋也刺痛了起來，某種很不愉快的記憶隱隱浮現，可是還是什麼都想不到。

一走神，對方一刀過來，差點被插個正著的玖深險險閃過，也看清楚了那是把蝴蝶刀。不過很新，沒有任何損壞，看來破壞屍體的那把已經不知道被丟到哪裡去了。

「為什麼你要殺林宇驥？」玖深慢慢調整著自己的呼吸，開口問道：「你那種下手方式，他應該跟你沒有深仇大恨吧！」

背後的刀痕可能是他要袁政廷證明自己，切開肚子可以說是要找那塊記憶體，但是最開始，林宇驥就是因為過度暴力而死。

「……沒有啊。」露出了毫無感情的冷諷表情，少年嘿嘿笑了幾聲：「因為很好笑啊，那傢伙以為自己有車隊多了不起，踹他的時候會發出慘叫，在那邊抖，吐出來是有點噁心，不過吐血拉尿什麼的超好笑，比玩電動時還要好笑。他的骨頭斷掉還有聲音，你都不知道那種感覺有多爽。」

「爽？林宇驥跟你一樣是活人耶！」沒想到竟然是因爲這種原因，玖深不敢置信。

「那又怎樣？活人不能殺嗎？沒想到殺眞的人比玩電動還要爽，以前看螢幕噴血都沒感覺了，殺眞的人還比較刺激，而且還有人給錢。」拋玩著手上的蝴蝶刀，少年用手電筒照了下玖深，「不過林宇驥死太快了，我那時候在想，如果可以慢慢殺，那一定會更爽。」

「就憑你這種人，我應該不會被殺死。」玖深整個人瞬間冷靜了下來，半瞇起眼睛，「不過就只是個小孩子。」

「幹！」

少年瞬間暴怒，持刀往對方揮去。

玖深抓住了攻擊那瞬間，反手隔開對方的刀，準備好的右手按住少年的下巴直接往上推，順勢把往後摔的人壓制在地上。

「畢竟，我也是受訓過的。」

用剛才的尼龍繩綁好對方的手，玖深直接坐在對方身上。

「你應該慶幸還好不是老大，不然你現在應該已經被種在柏油路裡了。」無視少年滿口難聽的髒話，玖深很務實地彎腰開始拆對方的鞋子。

「幹什麼啦！」

「拔證物啊。」玖深按住亂踢的腳，好不容易把左腳的鞋子拔下來，鞋紋與他們採到的果然是一樣的……等等，「難道那時候不是他本人？」

一恍神思考，身下的少年猛一用力，將他整個人撞下來。

「我幹你個——」

正要抬腳往玖深頭上踹時，幾道亮光從遠處打來，快速逼近。

「幹！幹！」

玖深從地上爬起來時，正好看見少年往樹叢後竄逃的畫面，立時就失去蹤影了，照理來說好像不能放任他這樣逃逸，但自己是絕對不想跟著衝進去的。

跳著腳站起來，第一道光先煞在他面前了。

「玖深哥你還好吧？」

玖深愣了一下，還真沒想到現在會出現面前這個熟人，「阿因？你怎麼……」

「不要問，你不會想知道的。」虞因看了眼笑嘻嘻跑掉的小女孩，在聿下車後才把摩托車給停好。

「對不起我不問了。」見對方的視線剛剛往旁邊掃，玖深整個雞皮疙瘩都暴起來。

聿繞著玖深看了半晌，然後走過去撐著對方的另外一邊，扶著他靠坐到車上。

「玖深哥你先休息一下，二爸他們也到處在找你，現在應該往這裡來了。」確定地點後，虞因就給他家大人發了簡訊，自己也盡快趕過來，「地上的鞋子是……？」瞄見地上丟了一隻很花俏的怪鞋子，他看向玖深的腳，有點疑惑。

「是證物，幫我看著，凶手好像還在附近，你們小心一點。」確認過那個金毛身上沒有槍械就比較放心了，不過玖深還是有點擔心那兩個奇怪的人會再折返，看他們毫不猶豫朝林梓蕾下手，絕對不是什麼好人……可是那個女孩子放過他……

從背包裡翻出彈性繃帶，聿小心地先幫對方固定好扭傷的位置，然後檢視其他傷口。

正想說點什麼，虞因卻整個人愣住。

他看見摩托車燈光照去的盡頭處出現了一雙腳，就這樣站在那邊，然後慢慢浮現的是個女孩慘白的面孔，那是他和東風都看過的女孩子，在康哲昌案件中不見的那名女大學生，現在就站在黑暗中怨毒地看著他們。

緩慢地張開口，女性不知說了些什麼，就這樣慢慢在黑暗中淡去。

「有、有什麼不科學的在那嗎……」玖深感覺到某種視線，發毛地跟著看向燈光盡頭。

「沒有了。」盯著玖深看了幾秒，總覺得他應該眞的有點敏感體質，虞因拍拍對方的肩膀，「放輕鬆、放輕鬆。」

推了推虞因，聿看著比較後面、越來越接近他們的兩道光線。

瞇著眼睛辨認來者，玖深很快就看出來一個是大溫，另外一個就不認識了，好像也是大學生的樣子，兩部機車一前一後衝過來，直接在虞因的左右邊煞住包夾他們。

「玖深你沒事吧？這傢伙是誰！」大溫伸出手，直接抓過人，警戒地看著虞因兩人，包夾在另一邊的大學生也露出不友善的表情。

「啊，這是我朋友，很熟。你們怎麼……？」被抓得踉蹌跳了兩步，玖深連忙介紹了一下虞因和聿，也很訝異大溫竟然會出現在這種地方。

「小袁要我們過來接你，這是宋鷗，林宇驥的兄弟。」還是有點懷疑地看著虞因，大溫朝對方點了下頭，就轉回玖深這邊。「你和我們一起下山嗎？你朋友只有一輛車不好載吧？」

「等等會有人來接我們。」會有很多警車……玖深打了個冷顫，突然想到等等不知道要怎麼向虞夏解釋，感覺好像會被往死裡打，但是被揍似乎又好過剛剛被不科學和各種東西追打，他現在心情真是有點複雜啊……

「ＯＫ，那我再聯絡你。」拍拍玖深的頭，大溫表情有點複雜，「怎麼這種樣子會是警察……」感嘆完之後，就和宋鷗調頭離開了。

愣愣地看著車尾燈遠去，玖深才驚覺剛剛大溫在感嘆他啊啊啊啊啊——

「玖深哥乖，別哭。」虞因很憐憫地看著整個錯愕掉的友人。

「我沒有哭啊！」誰哭了！

「二爸來你大概真的會哭。」看著遠方開始亮起的許多車燈，虞因拍拍對方的肩膀，給予默哀。

「嗚……」

他真的要哭了。

□

之後，警方在山區的廢棄工寮前發現了林梓蕾的屍體。

一槍貫穿心臟，女性瞪大眼睛，死死地看著生命消逝前最後一個景色。

但更讓人意外的是，擴大搜山的第二天，在另一側的山溝裡發現了金髮少年的屍體，同樣被開了一槍，不過這槍直接近距離開在臉上，而且肚子整個被切開來，野狗將腸子、內臟拖了一地。

「我們在玖深拔下的鞋子檢驗出林宇驥的血，屍體上的鞋子也是，機車也採到相關檢體，後來在他家裡發現了作案用的蝴蝶刀，殺害林宇驥的凶手差不多都已經確認了。」阿柳關上報告，看著對面的友人，「這樣你應該比較安心了吧，除了追查組織的部分，下午會有人去通知林宇驥的家人，你要一起過去嗎？」

「嗯，我和大溫他們也約了要在林宇驥家那邊見面，現在要先過去。」玖深抓著旁邊的拐杖，從座位上爬起，「感謝阿柳。」

「不用我載嗎？」看著對方腳上的一包，阿柳還是有點擔心。

「小伍說要載我，沒關係。」玖深跟著看下去，默默有點血淚。

其實他的腳傷本來沒那麼嚴重的。

是那天晚上虞夏帶著員警趕到時，不由分說就往他踹了一腳，結果不偏不倚踹在他的傷腳上……接著他就悲劇了，直接一個月後才能完全康復。然後無良的某法醫還招呼了一堆人來亂簽字塗鴉，害護士幫他換包紮都一直笑。

不過很難得看到虞夏露出愧疚的表情，玖深就覺得好像有點那啥、值回票價的感覺。

「下午我們會去搜查袁政廷的住家，別忘記現在大家都被盯上，自己出入要小心點。」阿柳看著對方猛點頭，嘆了口氣，都不曉得這樣講有沒有用，接著才想起另一件事，「雖然主任叫你先休息，不過你爲什麼突然翻起舊案啊？」

如果沒看錯，從山上回來的這幾天，本來應該乖乖靜養的玖深找出了一些舊案子，突然研究了起來。

「因爲我突然想到，鞋子這種東西是可以換人穿的。」玖深微笑了下，和友人打過招呼，就去與小伍會合了。

「換人穿？」

算了，隨他高興吧。

在約定的下午時間到達，小伍說要先進去找林宇驥家人後，玖深就乖乖坐在門外等了。很快地，就看見宋鷗騎著自己的重機出現，相差了兩分鐘，大溫也到達。

「外面說話。」看了眼林宇驥的家，宋鷗抬抬下巴，幾個人步行到對街的陰涼處。

到位後，玖深有點擔心地看著車隊的兩人，「袁政廷沒事吧？」那之後，就沒有青年的消息了，撥了幾次電話都是關機中，警方暗地封鎖了袁政廷的住處，也不見人回來，眞的沒有任何蹤跡。

一想到林梓蕾的下場，玖深有點緊張。

「沒事，我昨天半夜和他通過電話，他人目前很好，就是對你很抱歉。」宋鷗環著手，帶來友人的口訊，「然後他說他是眞的把你當朋友看待，那幾天夜遊不是因爲目標才對你那麼好，是因爲眞的當朋友。」

「我眞的不介意，而且我也把他當朋友。」玖深連忙回答：「不管他有沒有目的都一樣。」

「那就好，我們不太相信警察，但我和大溫可以信任你，袁政廷也要我把事情跟你說清楚，你可以保證不告訴其他人、甚至你那些警察同事嗎？」宋鷗瞇起眼睛，「雖然小袁說可以說，但我和大溫還是得保護他，如果你口風不緊，那我們絕對不會開口，你也不要再出現在我們這邊，對大家都好。」

「……好，我不告訴其他人。」但是其他人自己察覺就不算了。玖深默默在心中補上這句。

「嗯，那就兩件事情，一是小袁他爸，那個傢伙我們是絕對不會出面領的，看你們機關要怎麼處理就處理掉吧。」頓了頓，宋鷗繼續開口：「小袁既然已經告訴過你狀況，你們就別再查了，查下去對誰都不好。」

「……」

「第二件事情，小袁之前就在追那支車隊，好像是要找他親人。後來林宇驥幫他打探消息，查到車隊背後不知道有什麼人在控制，而且規模還不小；黃旭光出現之後，林宇驥他們因此查到診所有問題，所以林宇驥沒告訴我們，就入侵診所下載了一批資料，備份給袁政廷了，你們封鎖他家，應該可以找得到……如果沒有被干預的話。」

「根據小袁昨天說的，林宇驥把備份寄到他家之後，就突然失聯了，小袁覺得不對勁趕緊到處找人，最後循著飆車族找到時，林宇驥已經死了，而且他也被發現。在那狀況下，他立刻表示他是要加入飆車族背後的團體，因爲厭煩車隊，要他們引介，於是才有後面一些事情。」

聽到這邊，玖深大致上了解這次事情了，那個通報電話說不定就是袁政廷本人打的。

不得不說，如果他是袁政廷，應該也會有一樣的考量和做法，只是實在太危險……說不定林宇驥也不希望他這樣涉險。

啊，該不會是因爲這樣，才一直出現不科學的東西吧？搞不好那個東西是希望他擋住袁政廷？還是希望他不要對袁政廷不利？

因爲不敢接觸這方面的事，玖深也無法了解太多，只能默默在心底承諾如果有機會再看到袁政廷，得好好保護對方。

「如果是我也會這樣做，不然他們之前做的都會白費。」也是現在才搞清楚狀況的大溫釋懷了，「我和小溫不怪他出賣我們。」

宋鷗頷首，「最後，小袁會故意撞你，除了是那批人的指示，要他接近你讓你放下戒心之外，他也希望可以透過你，讓你去插手，間接讓警方去追捕那些人。」

「嗯，我大概知道。」雖然袁政廷不說，但一連串事情下來，包括遇到黃旭光，可能都是他故意要讓自己發現的吧。就算神明再怎樣惡整他，玖深也不覺得巧合眞的會那麼多，有些時候也就是人爲了。

見對方似乎眞的沒有怪罪袁政廷，宋鷗也差不多把話都帶到了，便把話題告一段落。

「那我們要先去和林宇驥父母商量後事要如何幫忙了。」

「等一下。」玖深喊住邁開步伐的人，「金毛被發現時已經死了。檢驗後，是左撇子開的槍，你覺得是誰開的？」

袁政廷是左撇子。

銀白色的女孩也是左撇子。

「……你知道林宇驥爲什麼會這麼保護車隊嗎？」沒有回答玖深，宋鷗反問了對方。

玖深搖搖頭。

「他想要一個家，以及要回他原本的家。」

隨著宋鷗落下的話語，各式各樣的引擎聲從四面八方響了起來，馬路上、巷道內，鑽出了大小車輛，男男女女都有，有大人也有小孩，就這樣開始聚集在林家門口，白色的花在每個人的手上、車上搖曳著。

就像那天晚上在廢棄的廟宇前一樣，每個人都帶著花過來。

「所以是誰開的槍，有那麼重要嗎？」

不過就是死了一個敗類。

□

天空非常湛藍。

虞因收到他家二爸的簡訊後，按著上面的地址尋找到一戶喪家。

遠遠就看見應該休息中的某鑑識吃力地抱著慰問品，靠著拐杖跳著跳著要往那戶喪家走，他停好車後馬上衝過去幫對方拿東西。

「玖深哥你有什麼事情要幫忙的啊？」他家二爸竟然會發簡訊要他過來看看，虞因實在有點意外。

他記得這戶喪家好像是那件墮胎案死者的家，案子眞相曝光後，吸引了許多媒體前來報導，帶女孩去墮胎的張家在網路上被撻伐得亂七八糟，媒體幾次前往都是大門深鎖，電話不斷被掛光，完全杜絕與外界的聯繫。

雖然主要都是針對張家，不過對於女孩的言論也不少，有些人口出惡言直指小女生自己不檢點，年紀輕輕就和別人亂來什麼的……雖然虞因不知道喪家有沒有看到或聽到、是否造成二度傷害，但有時候覺得這些「外人」在不了解所有事情眞相之前，實在沒有什麼立場這樣指責。

即使犯下錯誤，他們也已經付出了沉痛的代價。

之後，就讓家屬慢慢撫平傷痛吧，只看片面被編寫過部分簡單文字的人，就少造點口業。

「唔……不曉得耶。」看到虞因出現，玖深大概也知道虞夏叫人來的用意了。但是這用意讓他很抖，如果可以他還眞不希望用到。

拈了香後，孫家父母邀請他們進去坐坐。

「雖然不太好意思這樣說，似乎像在告狀，不過元翔的媽媽這兩天一直來這邊大鬧。」端了茶水後，婦人這樣開口：「一直吵著說卉盈在她家不讓她好過，還要找法師收她。」

「可以借我看看房間嗎？」虞因看著死者父母，只好這樣開口：「好像有點突然，不過我稍微可以看得見。」

「唉呀，我們房間都整理過了，那種血衣媒介什麼的……」

「沒關係沒關係，我不是那種做法啦……」

跟著家屬走到死者房間後，玖深用力深呼吸，然後抖抖地跟在虞因身後踏入。

一踏進房間，虞因就看見有道淺淺的影子站在床邊，揹著手，裙襬與腿上都還沾染著暗紅色的血液，房裡有種淡淡的死亡氣味。

似乎察覺他們進入，女孩緩慢回過身，蒼白的面孔上帶著詭異的微笑。

不管是誰，都不能免除懲罰。

不是嗎？

「妳……」

正想和對方說點什麼，樓下外面突然傳來銳利的吼叫，然後是東西被推倒發出的碰撞聲響。

「元翔的媽媽又來了。」

有點無奈，婦人只好先退出房間下樓。

其實踏進房間後一直感到那種很可怕的視線感，一看見家屬離開，玖深也馬上拉著虞因往外逃，順便看看發生什麼事情。

踏下台階，立刻就看到在玄關處被孫父擋著的張元翔母親，但和之前看見的不太一樣，現在的張母臉上居然多了一大塊血紅色的痕跡，幾乎擴及整張左臉，許多血絲浮現在上面，看起來非常可怕。

「我一定要讓妳女兒下地獄——」

衝著婦人尖叫，原本就很恐怖的臉變得更加扭曲，張母無視在場的其他人大吼著：「下十八層地獄——」

虞因揉揉眼睛，竟然看見剛剛的影子浮現在張母前面，抬起了右手，一巴掌一巴掌地打在對方鮮紅的臉頰上，似乎沒有感覺到異狀的張母持續吼叫，女孩越打越凶，那些血絲更加赤紅，然後漸漸往右臉蔓延。

好不容易將對方推出去，孫父關上門，隨便對方在外面亂吼亂叫，邊搖頭邊打了電話給管區，讓管區過來處理狀況。

確認影子消失後，虞因抓著一邊的玖深，馬上往房間跑去。

踏回女孩的房裡，果然看見了纖細的身影站在原地。

不甘心。

我不甘心。

「妳還要繼續這樣做嗎？」

有點遲疑，虞因輕輕地問著：「妳要讓她這樣一直打擾妳父母嗎？」

她騙我。

如果因爲犯錯，我們必須受到大人的懲罰。

那麼大人欺騙我們，也應該要得到懲罰。

她害我，永遠回不來了！

房間震動了下，桌上擺放的小飾品發出細微碰撞聲響。

玖深被不正常的波動嚇了一大跳，差點一頭撞上牆壁，然後連忙巴住虞因，很驚恐地看著那視線感傳來的方向，「還在嗎！」

「還在。」虞因點點頭，然後被抓得更緊了，「玖深哥，會痛。」當魚被章魚抓到時，說不定是這種感覺。

「嗚……」玖深稍微放鬆了點，還是害怕到不行，但該做的事還是得做，他只好低著頭，豁出去開口：「孫、孫同學……妳要看看妳爸媽，他們……」

「卉盈在這邊嗎？」

打斷玖深的話，不知何時，孫卉盈的父母已站在門口，順著他們的方向看往女孩所站之處。

原本憤怒的女孩瞪著大眼，巴巴地看著門邊的家人。

「妳要安心地離開。」婦人抹著眼淚，握著丈夫的手，「我們知道妳還不甘願，但是妳要安心地走，別再去找張家的人了，這樣我和妳爸爸才可以放心讓妳回去。」

我不甘心啊！

發出淒慘的叫喊聲，女孩跪倒在床鋪前。

她很不甘心。

她甚至還沒成年，她還在幻想可以和自己喜歡的男孩子過一輩子，還在幻想他媽媽會實現她的承諾。

她甚至都還沒離開爸媽的羽翼。

她連後悔的機會都沒有。

她好想再回來這個以前不怎麼滿意、現在卻已經回不來的普通生活。

「妳就安心好好地回去吧，爸媽總有一天也會回去，妳要像以前一樣笑笑地來幫我們開門。」淚珠一顆顆地掉，婦人的話語已不成串了，「下輩子……我們再繼續……繼續……」

繼續當家人。

深深地看著變得很蒼老的父母，女孩轉頭看向虞因和玖深，然後身影轉淡，就這樣消失在空氣之中。

將最後那句話轉告給家屬後，虞因沉默了。

摀著臉哭泣著，強自振作起來後，孫家父母朝玖深與虞因輕輕一鞠躬。

玖深和虞因在悲傷的空氣中，同樣回以一禮。

在這件事過後的第三天，張元翔逃家了。

張家父母再度過來大鬧被警方驅離，發出了警告禁止他們再來騷擾喪家。

有幾個學生說看見張元翔加入外縣市某支車隊，和一些奇怪的人走了。

就這樣，徹徹底底消失了。

□

所有事件平息後，玖深南下了一趟。

因爲虞夏的堅持，所以小伍和虞因一起隨行。

不曉得是不是下意識不想再接觸這邊，案子過後，玖深再也沒回來過這個區域，短短幾年，周遭環境變得很多，當初的工寮已經被拆除了，魚池也被塡平，城鎮小路拓寬變成了大馬路，不復記憶中的模樣。

拜訪了當年承辦的員警友人，對方給了他地址，讓他搭了便車，找到當年那個民代。

數年過後，對方的模樣也略有改變了，除了老了些，腰似乎出了問題，束著固定用的帶子，背部也不知道爲什麼長出一團東西。

見玖深來訪，民代顯得很驚訝，但並沒有表現得太激動，就讓旁邊的人爲他們泡茶了。

雖說是民代……不過現在已經不是了，稍微看了下周圍，玖深看見一些陳舊的助選物，看來應該是從那件事之後就沒再當選過了吧。

「都那麼多年了，你們又有何貴幹？」大大方方地坐在高價的沙發上，中年人如此冷諷般開口：「那樁事害我死了兒子，還不滿意嗎？」

「當年你兒子會被列爲疑犯，是因爲鞋印，以及他提不出那晚的不在場證明，你指稱下午和他吵了一架他就跑出去了；而他會獲釋，是因爲後來出現了人供稱看見他在偏僻的路段上喝得爛醉，大半夜睡死在墳墓邊。因爲太奇怪了，目擊者記得很清楚，所以法官才做出裁決。」玖深頓了頓，瞇起眼睛，「前不久我請教了對這方面比較了解的朋友，他很確定地告訴我，初階性的性騷擾不會一下子進化成高明的強姦殺人，你兒子還沒到轉變期，照理說不太可能會發生這種攻擊。」

「所以你是來報告你們當年抓錯人？」

「不，當年你告訴我們案發當時你在家，你兒子出門，後來仔細想想，只有你沒有人可以證明是不是眞的在家。」看著對面的中年人，玖深說道：「你兒子出門那天穿的也不是那雙鞋子，如同我們當時發現的，『放置在家中的鞋子經檢驗後，有涉案嫌疑』。但是，鞋子每個人都可以穿，而且您的鞋號，似乎與你兒子一樣啊。」

中年人猛地站起身，一旁的小伍也立刻擋了過來。

「你們現在是什麼意思。」中年人瞇起眼睛，發出陰冷的聲音，極度不善地看著來訪的幾個人，「給我滾出去！」

「後來我再重新檢查了資料，發現證人供詞是你兒子出現在墳墓邊大睡，那是接近清晨的事情，他在死者失蹤那天下午到上半夜的關鍵死亡期間依舊沒有不在場證明。另外，再反觀你的案底，雖然幾乎都和解或搓掉了，還有人出來說是誤會，但你的暴力和性騷擾糾紛也很多啊。」

站起身，玖深拿過自己的拐杖，「我不會放棄的。」

他的工作就是檢驗，他就繼續找，直到找出來符合比對的那一天。

「滾！」

被轟出去之前，虞因看見了那個小女孩笑嘻嘻地站在中年人背上朝他們揮手。

在那個人後面，有更多等待著要討回公道的黑色影子。

搭上火車後，玖深看著窗外發呆。

然後小伍就在另一排座位上嗑鐵路便當。

「玖深哥，我現在懂你們的意思和事情了。」坐在旁邊的虞因看著手邊的便當盒，「這陣子給你們造成困擾，眞的很對不起。」

「咦？不用對不起啊。」玖深回過神，笑笑地拆開便當，是很香的排骨便當，「每個人都會這樣，我也會、小伍也會……而且眞的要說，好像是我造成的麻煩更多……」他還是很難接受不科學的東西，還給虞夏帶來一堆葡萄串的麻煩。

虞因勾起唇，點點頭，「我想，以後應該可以知道自己該怎麼走了。」

他就只是對很多事情無法釋懷，然後一直將壓力變成不該有的負擔，但是最開始，他並不是想要變成這樣子才做這些事情的。

他很想做更多、更多，但是人，是不可能全部都做得到的。

所以他的身邊才會有那麼多人。

可能以後這種壞習慣多少還是改不掉，但他現在知道自己的路了。

「我也知道了，我會努力去搞清楚以前發生什麼事，不過在那之前……」玖深轉過頭，很誠懇地看著旁邊的大學生，「阿因，你可以教我關天眼的辦法嗎？」根絕他個人的悲慘遭遇，要先從不科學的接收源做起，這種事情問有經驗的就對了！

「……抱歉，沒辦法。」虞因決定吃他的鐵路便當了。

「嗚！」

「後來玖深小弟還幫忙處理掉袁政廷他爸。」靠在外面的門邊，嚴司打開了手上的茶水，邊喝邊說道：「那個人說起來不知道該算報應還是可憐，竟然沒有一個親戚朋友要出面處理的，眞不知道生前做人是多失敗。最後是玖深小弟聯繫他以前幾個包粗工的地方，一些老頭子湊錢幫他辦個便宜的後事解決掉，我家小孩眞是乖啊。」

「不要隨便佔別人便宜。」

「啊啊，我才沒有，玖深小弟超乖的啊。」怕成那樣竟然還可以衝進去啊，嚴司覺得自己還眞是小看了對方的忍耐度，早知道玩他就不要手下留情。

「……他問我的那件案子。」停下手邊的黏土作業，他微微偏過頭，「當年小女孩失蹤時並沒有任何抵抗跡象，推測是被熟人或是可信任的人帶走。兒子手段太過粗淺不太可能是計畫犯，這應該也是法官考量的一環，但如果加上另外一個人，就完全做得出來這些事情。」那個人，已經是成熟的計畫犯了。

因為成熟，才知道完成所有手續後，要在下半夜把嫌犯趕出去遊蕩，在那深夜喝得爛醉或其他什麼的，恰巧被路人發現睡在特別奇怪的地方加強印象，如此一來，就算眞的不經意留下蛛絲馬跡，也不成立了。

唯一出錯的是，一週後嫌犯不明死去。

「你對玖深小弟眞有愛啊。」還幫到這種地步，他好吃味啊～

「……你如果是來廢話就快滾。」

「當然不是啊，我是來餵食的，大廚師一聽說你媽回去了，就趕快要我們幫忙帶東西過來。」那個楊德丞之前抱怨超大的，結果現在還很熱衷在那邊研究各種液態食品咧，而且玖深他媽媽還帶了類似的食譜來，那傢伙根本都全副精神在挑戰了，做得比誰都還認眞。

「……」

「學弟，連個謝字都不會說嗎？」把紙袋放在門裡，嚴司瞄進去，看到蹲坐桌前的小孩背對著他在按手機。

「我才不是你學弟！」發了道謝的簡訊給楊德丞，東風反射性罵回去。

「對了，說到這個，聽說被圍毆的同學他們好像計畫要找個假期出去玩啊，學弟你有沒有想去哪裡啊？我和我前室友應該撥得出假喔。」看大家都要出去玩，他也很想出去玩。

「去沒有你們這群人的地方。」眞是煩死人了。

「去學校散步如何？我是指，你以前的那所學校……」

話還沒講完，嚴司整個被甩門，還好他靠得比較牆邊，才沒有被有點重量的鐵門摔個正著，「別這麼凶啦，我前室友已經得到同意，過兩天要去那邊拜訪了，你不想回去看看嗎？」

門內再也沒傳來其他聲音。

「學弟，我是很認眞在看待這件事情，並沒有在跟你開玩笑，所以你不用擔心我們的安全，我可以向你承諾我們會盡量小心……」

大門倏地被打開。

「小心並不夠，你還不知道你們要找的是什麼人。」將手上一袋子的罐子丟到嚴司臉上，東風冷冷開口。

「我看過當年的驗屍報告，手法還眞不是普通凶殘……楊德丞哪來這麼多保溫罐給你用啊。」看到袋裡全都是和他剛剛帶來一樣的保溫罐子，嚴司心想那傢伙還眞是下足本錢在養小孩了，改天只好補償一下抓他去吃些高檔貨吧。

「你死了就算了，別牽連我學長下水。」他完全不擔心眼前的渾蛋怎麼死，東風覺得自己會非常愉快看這傢伙被殺。

「放心，我很惜命……等等，有蘿蔔的罐子你是不是沒吃？爲什麼洗得特別乾淨？你是不是心虛？」好奇地轉開那些有貼標籤的保溫罐來看，嚴司發現了當中的不尋常，「你是小孩子啊，小孩子才討厭蘿蔔……」

砰一聲，大門二度在嚴司面前摔上。

「裡面的小朋友，我要跟我前室友說你挑食蘿蔔～」把柄啊！好大一個把柄！不抓下去對不起自己！

「滾！」

□

「玖深學長，不用陪你上去嗎？」

晚間，載人回家的小伍看著同僚，問道。

「對啊，玖深學長不用嗎？」跟在旁邊的花蔦瞪著大眼睛，和小伍一樣的表情。

「不用了啦，剛剛還被你們帶去吃飯已經夠麻煩了，租屋有電梯，我自己上去就可以了，你們再繼續去約會吧。」休息一陣子下來，其實腳傷已經好了不少，玖深對於麻煩到很多人這件事感到很不好意思，最近都是被大家好心輪流接送居多啊。

「老大說最近要小心點。」小伍很認眞地表示。

「沒關係啦，都已經到家門口了，那我先進去了，晚安。」

揮別小伍和花蔦後，玖深回到套房，電梯一打開直接回到住處，丟開拐杖鬆鬆筋骨，跳著跳著打算拿衣服先去洗澡。

路過矮桌時順手按開答錄機，有幾通留言，一些是堂表兄姊們的問候和嘲笑，有一則是他阿母打來的，其實晚上吃飯前才通過電話，不過因爲最近又受傷的關係，家裡果然還不太放心，阿母想一想又打來租屋裡留言。

「小玖啊，你扭到要卡注意點，推拿師父說那個沒照顧好會留下病根，以後會常常痛。剛剛忘記問你，家裡給你寄過去那些補藥有沒有按照時間煮來吃啊……」

「吃了吃了。」雖然是答錄機不是直接對話，玖深還是一邊抽衣服一邊回答：「水果也吃了。」

正要往浴室跳時，他愣了下，明顯感到視線，而且這次是眞的人。

從黑暗角落中撲出了人，在他還沒反應過來時一把抓住他的領子，接著一陣上下倒轉，然後背脊一痛，整個人被摔翻在地上。

被摔了頭昏眼花，再來是一張印有他模樣的相片被扔到胸口，然後黑槍抵在相片上，槍口直壓他心臟處。

「原來你也是其中一個。」

玖深甩甩頭，這才看清楚壓在自己上方的是那個銀白色摩托車的女孩子，對方神情不善，帶著隱隱殺意，「你們警察是用選炮灰的方式來當我們的對手嗎？」

「炮、炮灰？」玖深整個愣。

「因爲自己不想死，所以選幾個笨蛋來充數嗎？」女孩挑起眉，見對方還不在狀況內，表情呆呆蠢蠢的樣子，突然一肚子火上來，「反正還不是不想讓自己一身腥，可以理解你們長官的想法。」

「咦？」還是有點狀況外，不過玖深稍微一想搞懂部分了，「沒有人想死啊，不管是誰都不是炮灰。」

「不想死的話就不要攪和進來，那天晚上如果不是我，你已經死了。」

「啊對，還要向妳道謝，謝謝妳。」玖深很誠懇地感謝對方那天晚上放自己一馬。

「誰要你道謝啊！」直接一槍柄往對方頭上敲去，女孩突然覺得自己都跟著笨掉了，只好罵了幾句後收起槍，站起身，冷眼看著抱頭的大人，「總之你快點退出吧，還可以活久一點。」

按著對方剛剛揍他的痛處，搞不懂爲什麼會被揍，玖深有點委屈地半坐起來，想了想也很誠實地開口：「爲什麼妳要殺林梓蕾？殺人是犯法的，妳才幾歲，未來……」

「她失敗了好幾次，警察在追她，所以已經被下了格殺令。我是專程來處決這些人的，這是我的工作。」女孩聳聳肩，從口袋摸出細菸，然後劃亮了火柴點燃菸頭，「清潔工。」

「……另外一個呢？」

「也是清潔工，不過我是聽他的命令辦事，這是規則。」呼了口淡色的白煙，女孩冷漠地說著：「而且他比我狠，如果不能馬上到手，他就會立刻處理掉，做事很簡單俐落，所以你最好離這些案子遠一點，自己想死就算了，別弄到最後牽連家人。」

按掉了還在說話的答錄機，玖深沉默了下來。

「通常我們只針對當事人，但是有些人不是那麼守規矩，你是警察應該也知道各種手段。你想保護家裡的人吧，那就快點退出，保好自己的命。」女孩按熄了菸蒂，看了對方一眼，逕自往門口走，「就跟你說到這裡了。」

「還是謝謝妳。」

雖然沒有虞夏他們那麼敏銳，不過玖深也曉得女孩今晚會出現在這裡，是特地來警告他的，她大可以像對付林梓蕾一樣完全不用給一個字，可她卻大費周章地避過巡警混進來，和他講這些話。「妳一個女孩子在那種地方要小心點，好好保護自己。」

啊，這樣跟一個殺人犯講好像哪裡不對。

玖深默默思考應該得把對方抓起來的，不過她有槍，等等弄不好自己真的就吃子彈了，還是別亂動吧。

「白痴喔。」

罵了一句不好聽的髒話，女孩橫瞪了玖深一眼，便走去玄關拉出自己藏好的鞋子，「下次再見面就不是這樣了，你自己好好想想吧，多活幾年總比少活幾年好。」

「謝謝。」

坐在地上，玖深聽見套房門被用力摔上的聲音，對方還幫他反鎖好。

然後，不知道過了多久，他突然想打電話。

號碼撥通之後，很快就連上了通話，那端的人還精神奕奕，似乎正在看晚上的電視節目，背景傳來了綜藝節目的效果聲。

「沒啦，就是聽到答錄機……」

「嗯嗯，有吃，都有吃……」

「妳跟阿爸不用擔心啦，我會照顧好自己，也會更小心……嗯，我答應妳。」

「我答應妳。」

《承諾》完

【案簿錄小劇場】

護玄　繪

後記

又是一年之末囉，再次感謝大家今年的支持與關照。
年底時，自己身邊有些雜事和變動，希望年後在各方面都能順利穩定下來。
搬邊搬邊
跑來跑去
不論如何，又是一年經過，來年希望大家依舊平安健康，快樂順心。
?
新的一年也請大家多多指教了，這邊先祝大家新年快樂諸事如意行大運。
那麼，我們就下次見囉。

所謂賀禮

蝦咪？
小女孩？賀禮OK啊～
老娘電完人就去
what...?
讓爸爸（老公）天天在家裡的十八種道具全套箱裝
Ya♥
很喜歡。實用實用！
謝謝喔
Love you♥
實用？
喜歡真是太好了，我會向她轉告道謝。

知道小海寄了什麼是隔天的事

事後處理

因為會被堂表兄姊們笑，所以要在第一時間努力封鎖消息。
阿母OK
阿姨OK
姑姑OK
Bi
Bi
!
嗶
哈哈哈哈哈哈哈哈哈哈
小玫你又耍呆啦！
都聽說了啦呆呆玫
哈哈
哈哈哈哈哈哈哈哈哈哈
嚴司你個大渾蛋
什麼時候混到親戚裡面去的
呆呆

同僚難防

國家圖書館出版品預行編目資料

承諾／護玄 著.——初版.
——台北市：蓋亞文化，2014.01
面； 公分.（案簿錄；5）
ISBN 978-986-319-002-8（平裝）

857.7 102023388

悅讀館 RE313

案簿錄 伍

承諾

作者／護玄
插畫／AKRU 封面設計／克里斯
出版社／蓋亞文化有限公司
地址◎ 台北市103承德路二段75巷35號1樓
電話◎（02）25585438 傳眞◎（02）25585439
部落格◎ gaeabooks.pixnet.net/blog
臉書◎ www.facebook.com/Gaeabooks
電子信箱◎ gaea@gaeabooks.com.tw
投稿信箱◎ editor@gaeabooks.com.tw
郵撥帳號◎ 19769541 戶名：蓋亞文化有限公司
法律顧問／宇達經貿法律事務所
總經銷／聯合發行股份有限公司
地址◎ 新北市新店區寶橋路二三五巷六弄六號二樓
電話◎（02）29178022 傳眞◎（02）29156275
港澳地區／一代匯集
地址◎ 九龍旺角塘尾道64號龍駒企業大廈10樓B&D室
電話◎（852）2783-8102 傳眞◎（852）2396-0050
初版四刷／2022年11月
定價／新台幣 240 元
Printed in Taiwan

ISBN／978-986-319-002-8

GAEA

Gaea